KB043561

나애愛 명상

하루를 시작하는 명상

신숙현 명상 에세이

가이아

나애 명상

지은이 신숙현
기획 이승진
디자인 동그란북 임은영
사진 김종현
펴낸이 이형기
펴낸곳 도서출판 가하

초판인쇄 2020년 5월 29일
초판발행 2020년 6월 5일
출판등록 2008년 10월 15일 제 318-2008-00100호

주소 서울 영등포구 양평로 67, 1209 (당산동5가, 한강포스빌)
전화 02-2631-2846 **팩스** 02-2631-1846

www.ixbook.co.kr

ISBN 979-11-300-4519-1 03810

값 12,000원

가이아는 자연과 인간의 조화로운 삶을 위하는,
도서출판 가하의 실용서 브랜드입니다.

나는 나를 사랑합니다.

나는 내가 행복한 삶을 살기를 바랍니다.

내 주변 모든 이가 행복한 삶을 살기를 바랍니다.

오늘도 나의 사랑으로 나의 몸과 마음의 가장 좋은 에너지가

일상 속에서 만나는 모든 이들에게 전해지는

그런 하루가 되기를 소망합니다.

CONTENTS

part 1.

나애愛
명상

part 2.

차크라와
명상

PART 1

나애愛 명상

나애愛 명상

1.

지금, 이 순간
깨어 있는 마음으로
자기 자신을 바라보고
있는 그대로의 나를
온전히 인정하고 받아들입니다.
우리의 몸과 감각, 생각과 감정을 알아차리고 집중하여
내면에 깊이 잠재되어 있는
나를 사랑하는 사랑의 빛으로
삶 속에서 상처받은 몸과 마음을 회복합니다.
내 호흡에, 나를 사랑하는 사랑의 마음을 담아
지쳐 있는 내 몸에
숨을 불어넣어줍니다.
내 호흡으로
내 안의 사랑의 빛으로
내 몸과 마음, 영혼을 치유합니다.

깨어나기

숨이 나가고 숨이 들어옵니다.

숨이 나가고 숨이 들어옵니다.

깨어 있는 의식으로 나 자신을 바라봅니다. 집중하고 바라보면 고요해집니다. 그 고요함 속에서 너무나 평화로움을 느낍니다.

나애 명상을 하며 깨어 있으면, 집중과 통찰이라는 에너지가 생겨납니다. 이 에너지는 우리 주변에서 일어나는 모든 것들에 깨어 있도록 하여, 특별히 잘 알아야 할 것을 우리는 인식할 수 있습니다.

우리의 외부적인 환경과 조건은 변함이 없는데, 나 자신의 내면의 힘이 생겨 나에게 주어진 문제들을 객관적으로 바라볼 힘이 생깁니다.

내가 나를 사랑하는 깊은 사랑의 빛에너지를 깨워 삶에 지친 내 몸과 마음을 치유합니다.

내 마음속에 엄청난 에너지가 있습니다.

나애 명상을 통해 어느 것 하나도 부족함이 없는, 있는 그대로의 나를 만날 수 있다면 스스로가 얼마나 귀한 사람인가를 깨닫게 될 것입니다.

만트라Mantra 와 만트롬Mantrom

만트라는 태초의 소리, 진언, 확언, 참된 말, 진리의 말입니다.

불교의 옴 마니반매홈唵麽抳鉢銘吽(우주의 지혜와 자비가 우리의 마음에 퍼짐), 개신교의 하나님과 함께, 가톨릭의 은혜의 그리스도Jesus Christ, 이슬람교의 알라Allāh, 유대교의 샬롬שלום, Shalom과 유사한 의미입니다.

만트롬은 마음의 마법, 말로 표현된 생각의 도구입니다.

예를 들어 '나의 몸이 자연의 질서를 회복하고 모든 세포가 건강해집니다', '나를 사랑하는 사랑의 빛이 나를 따뜻하게 감싸고 치유합니다', '내 삶에서 일어나는 모든 일에 깨어 있고, 신의 지혜가 함께합니다', '나의 사랑의 빛이 나의 생명 에너지를 깨웁니다'라고 말하는 것 모두가 만트롬입니다.

만트라를 사용하는 방법

우선 자신에게 맞는 긍정의 문구를 선택합니다.

자연스럽게 몸과 마음을 이완하고 마음속의 생각을 내려놓고 이완된 상태에서 만트롬 명상을 해주면 부정적인 에너지를 긍정의 에너지로 전환하고 머릿속에서 쉬지 않고 돌아가는 마음의 소리를 잠재우는 효과를 가지게 됩니다.

마음의 눈으로 몸의 느낌을 느끼며 삶의 지친 내 몸에게 내 마음의 따뜻한 사랑을 담아 말 걸어봅니다. 이는 교감 신경의 활성화를 늦추게 되고 부교감 신경이 깨어나게 하며, 뇌를 정화시켜 줍니다.

나애 명상이
필요한 이유

현대 의학은 발달하여가지만, 각종 암, 심장병, 공황장애, 정신 분열, 스트레스 증후군, 심인성 질환, 이름과 원인 모를 병은 더욱 늘어만 가고 있습니다. 빠르게 변해가는 시대의 흐름을 쫓아가기도 바쁘고, 해야 할 것은 너무 많고, 몸과 마음은 지쳐만 갑니다.

내가 살아오면서 겪은 모든 경험 속에서 인식된 내 감정의 뿌리가 나에게 어떠한 영향을 미치는지 우리는 잘 모르고 살아가고 있습니다. 행복했던 순간들과 고통의 순간들, 다시는 생각하고 싶지 않은 시간까지 모든 것을 우리의 몸은 기억하고 있습니다. 나는 다 잊었다고 생각하지만, 나의 몸은 그 모든 것을 기억하고 있을 때가 많습니다. 그러한 나를 위로하는 시간을 갖지 않고 꾹꾹 눌러놓는다면 그것들은 내 잠재의식 속에 파고들어 내 영혼을 파괴하고 내 세포들을 병들게 합니다.

사랑하고 사랑받아야 할 나 자신에게, 스스로가 가슴속 깊숙한 곳에서 우러나는 사랑을 담아 자신에게 마음의 소리를 전합니다. 나를 인정하지 못하고, 사랑하지 못하는 잘못된 모든 인식에서 나를 자유롭게 놓아주고 지금 그대로의 나를 온전히 받아들일 수 있게 합니다. 스스로 안정감을 찾게 하고 치유력이 깨어날 수 있도록 나를 회복시킵니다.

내 몸의 7개의 차크라 센터와 관계되는 감정들과 대화를 나눠보고, 나 자신을 뿌리부터 사랑의 마음으로 보살펴주어, 메마른 뿌리와 줄기에 생명의 물이 흐를 수 있도록 합니다.

과거를 잘 떠나보내고, 그 경험들 속에서 내가 알아야 할 지혜를 느끼고 오늘을 잘 살아갈 수 있게 합니다.

지금, 이 순간을 온전히 살아갈 수 있기를…….

깨어 있는
마음

깨어 있는 마음이란 욕심, 분노, 우울, 두려움, 화, 근심, 걱정 등 이러한 부정적인 마음을 하나하나 찾아내어 제거하는 일이 아닙니다. 이러한 부정적인 감정들로 물든 그 마음을 깨우치는 일입니다.

내 마음속 깊은 곳에 사랑, 평화, 행복, 믿음, 연민, 자비, 용기, 함께 기뻐할 수 있는 큰마음이 내재하여 있다는 것을 알고 내면의 힘을 기르는 수련입니다.

어두운 내 삶에, 따뜻한 사랑의 빛을 마음으로부터 켜는 일입니다.

우리 내면의 가장 큰 힘은 내가 나를 사랑하고, 나 자신이 행복한 삶을 살고 싶다는 마음입니다.

내가 나를 깊게 사랑하고 귀하게 여길 때, 내 안에 힘이 나를 지키고 보호합니다. 내가 나를 소중히 여길 때, 세상에 존재하는 모든 것을 소중히 여길 수 있습니다.

내 안에 이기적인 '나'라는 에고ego를 내려놓고, 나, 너, 우리라는 더 큰 사랑의 에너지로 세상을 대하게 될 때, 우주와 내가 서로 공명하게 됩니다. 내 안에 사랑이 넘칠 때, 생명의 힘이 깨어나고, 우주의 에너지가 깨어납니다. 내 안에 사랑이 넘칠 때, 내 삶의 모든 것이 우주와 하나가 되어 내 앞에 펼쳐지게 됩니다.

있는 그대로의 나를 온전히 받아들이고, 나에게 일어나는 일들을 온전히 수용할 때 나의 모든 삶이 바뀌게 됩니다.

명상의
시작

잘하려는 마음을 내려놓으세요.

애쓰는 마음도 내려놓으세요.

주의를 집중하고 고요함을 느껴보세요.

열심히 하려는 마음도 내려놓으세요.

무언가를 얻으려는 마음도 내려놓으세요.

나애 명상은 쉬운 것, 간단한 방법으로 실천합니다.

나애 명상은 삶에 지쳐 있는 나 자신에게 따뜻한 위로와 격려를 스스로가 해주어, 나 자신이 삶에 온전히 깨어 있을 수 있도록 해줍니다.

명상은 가부좌를 틀고 조용한 곳에서 혼자 해야 한다는 고정관념을 버리고, 내가 있는 곳 어디에서도 조용히 내면으로 의식을 가져올 힘만 있다면 나애 명상을 실천할 수 있습니다. 특별한 도구도 필요 없고, 깨어 있는 나의 의식만이 함께할 뿐입니다.

아침 출근길, 하루를 시작할 때, 명상으로 나에게 말 걸어봅니다.

아침 명상

오늘을 맞이합니다.

나의 하루를 맞이합니다.

나는 이렇게 눈을 떠서 하루를 시작할 수 있음에, 내가 이렇게 온전히 하루를 맞이함에 감사함을 보냅니다.

내 하루에 감사와 나 자신에게 사랑과 내 삶에 축복을 보내며 하루를 시작합니다.

침대에 누운 채도 좋고, 앉아서도 괜찮고, 화장실도 좋습니다.

어느 곳도 괜찮습니다.

잠시 동안 눈을 감고 이렇게 하루를 맞이하면 머리가 맑아지고 고요함 속에서 뇌파가 안정되는 것을 느낄 수 있습니다.

나의 하루의 시작은 고요함, 명료함, 받아들임으로 시작합니다.

오늘 내가 만나는 사람에게 큰 축복을, 그들에게 마음속 깊은 곳에서 우러나오는 평화가 함께하기를 기원하며, 쫓기듯 생활하는 일상 속에서 나에게 휴식을 주고, 현재 순간에 더 깨어 있어 현존할 수 있도록 합니다.

나 자신의 이러한 긍정의 말과 생각이 나의 행동을 바꾸고, 나의 에너지를 바꾸고, 내 삶을 변화시킵니다.

내가 나에게 말 걸어줍니다.

내가 나에게 축복해줍니다.

내가 나에게 사랑으로 말 걸어줍니다.

나의 깊은 사랑의 빛이 나의 하루를 밝게 비추어줍니다.

음식으로 하는
나애 명상

내 눈앞에 있는 음식에 깊은 감사의 마음을 전합니다. 이 음식이 여기까지 오기까지 많은 사람의 손길이 닿았습니다. 고맙고 고맙습니다. 햇빛, 바람, 비, 대지, 농부, 그리고 자연의 모든 섭리로 이렇게 음식을 맞이합니다. 모든 것에 감사의 마음을 전합니다.

그리고 가만히 침묵합니다. 몸에서 어떻게 반응하는지 바라봅니다. 천천히 젓가락을 들어서 음식을 입에 대어봅니다. 아주 천천히 음미하면서……. 소리 내지 않고…….

먹는 것도 명상이 될 수 있습니다. 내 모든 감각을 깨워 음식이 혀에 닿았을 때의 느낌과 내가 천천히 음식을 씹었을 때의 감각과 음식이 목을 통해 식도를 지나 몸속으로 들어가는 것을 느껴봅니다.

음식은 땅의 에너지를 몸으로 받아들이는 일입니다. 천천히 씹어주면서 입안의 침과 잘 섞일 수 있도록 하며 음식을 씹는 일에 온전히 집중할 수 있게 합니다.

우리는 먹을 때 온전히 먹지 못하고, 해야 할 일을 머릿속에서 구상하거나 계획을 세우거나, 무언가 끊임없이 할 때가 많습니다.

음식 명상은 온전히 음식과 하나가 되어 느끼는 것입니다. 내 감각의 모든 것을 집중하고 온전히 지금, 이 순간에 머물며…….

밥 먹을 때는 밥만 먹습니다. 이렇게 우리가 매 순간 깨어 있을 수 있다면, 우리는 좀 더 우리 삶을 현명하게 살 수 있고, 꼭 명상은 좌선해야 한다는 고정관념을 버릴 수 있습니다.

밥 먹을 때는 밥만 먹습니다. 깨어 있는 마음으로…….

태어나다. 깨어나다.

숨 - 생명의 시작입니다.

생명, 숨, 삶.

산다는 것은 숨 쉰다는 것입니다.

산다는 것은 죽음에 가까이 다가가는 것입니다.

내 마음이 씨앗입니다.

눈에 보이지 않지만…… 눈에 보이지 않지만, 자라고 있습니다.

마음이, 생각이, 뿌리내립니다.

마음이, 생각이, 뿌리박힙니다.

마음에 사랑이 뿌리내립니다.

지금 나의 마음 안엔 무엇이 뿌리내리고 있는지 바라봅니다.

지금 내가 건강하지 못하다면,

자신과의 관계를 회복하지 못해서입니다.

지금 내가 행복하지 못하다면,

나 자신의 본질과 멀어져 있기 때문입니다.

나를 사랑하는 마음도 훈련이 필요합니다.

내 뿌리에도 자양분이 필요합니다.

햇빛, 공기, 물, 흙…… 가장 중요한 나의 사랑까지…….

나를 사랑하는 마음이 나의 메마른 뿌리를 적셔,

나를 치유하고 회복시킵니다.

인정의
명상

나는 나를 사랑합니다.

나는 내가 행복한 삶을 살기를 바랍니다.

내 주변 모든 이가 행복하기를 바랍니다.

나는 나의 부모님을 인정합니다.

나는 그들이 행복하기를 바랍니다.

나는 내 남편을 인정합니다.

나는 그가 행복하기를 바랍니다.

나는 내 아이들을 인정합니다.

나는 그 아이들이 행복하기를 바랍니다.

나는 나의 형제들을 인정합니다.

나는 그들이 행복하기를 바랍니다.

나는 나의 친구들을 인정합니다.

나는 그들이 행복하기를 바랍니다.

나는 나에게 상처 줬던 많은 사람을 인정합니다.

나는 그들이 행복하기를 바랍니다.

나 스스로가 인정하지 못하는 그 누군가가 있다면 그 마음 또한 있는 그대로 인정합니다.

뿌리를 튼튼하게 하는 걷기 명상

두 발바닥이 대지에 맞닿아 있음을 그대로 느낍니다.

허리를 펴고, 가슴을 열고 천천히 호흡을 지켜볼 때처럼, 발의 감각을 느끼며 걸어봅니다. 다리 들어 올리고 천천히 나아가고 내려놓고, 반대 발 다리 들어 올리고 천천히 나아가고 내려놓고…….

한 발 한 발 의식하며, 발바닥이 대지와 맞닿음을 그대로 느낍니다.

평상시 우리는 발바닥과 대지의 감촉을 느끼지 못할 때가 많습니다. 몸의 뿌리인 발바닥이 온전히 땅에 뿌리 내린다고 의식하며 발의 감각을 느껴봅니다. 깨어있는 마음으로 천천히 걸음을 옮기며 온전히 집중합니다.

발이 닿는 느낌과 팔의 흔들림. 내 몸의 조화로운 흐름을 느끼며 걷습니다. 걸을 수 있음에 감사함을 느끼며 걷습니다. 두 다리에 감사함을 느끼며 걷습니다. 내 발바닥에 감사함을 느끼며 걷습니다.

지금 이 순간 삶을 깊이 체험하며 깨어 있는 마음으로 호흡하고, 걷습니다. 매 순간 이렇게 깨어 있을 수 있음에 감사함을 느끼며 걷습니다.

우리의 삶이 지금 이 순간에 있습니다. 깨어있는 마음으로 지금 이 순간을 온전히 느낍니다.

삶에서 가장 소중한 순간은 지금 이 순간입니다.

나야 명상

2.

"나야!"

항상 나와 함께하는 "나야."

항상 가장 솔직한 "나야."

너무 오랜 시간 내 안의 '나'를 누르며, 외면하며 살아온 시간들.

다른 누군가처럼 멋지고 싶고, 똑똑해지고 싶고, 잘나가고 싶고, 성공하고 싶고……. 그러면서 '조금만 더'라는 소리로 스스로를 격려하고 채찍질하며 잘 살고 있다고, 열심히 살고 있다고, 나 자신을 토닥였었지.

내 자신을 돌본다는 것도 다른 사람들 눈에 비춰지는 내 모습에 신경을 썼던 것 같아.

미안해……. 너는 나에게 항상 솔직했는데…….

컴퓨터 앞에 오래 앉아 있으면 머리는 무겁고, 눈은 충혈 되고, 잠을 자고 일어나도 피곤은 풀리지 않고…….

두통, 소화불량, 변비……. 그때마다 빨리 끝내고 쉴 거라며, 내 몸의 소리를, 너의 소리를 들어주지 못했지.

사는 게 다 그런 거라고, 힘든 거라고, 나 스스로에게 말하며 잘 이겨내려 더 잘 참아냈었지.

고마워! 이렇게 잘 견뎌줘서……. 고마워! 이렇게 내 곁에 함께여서.

사랑해! 머리에서 발끝까지, 그냥 내가 나여서……. 이 모든 것을 진심으로 사랑해. 있는 그대로의 모습으로, 나로 내가 진정으로 나를 사랑하며 내 삶을 살아갈게. 지금 이대로의 '나'로 온전하고 완전하다는 것을 알기에……. 나야 사랑해.

3. 싱잉볼 명상

'노래하는 그릇'이라고 불리는 싱잉볼은 티베트, 네팔, 인도에서 2,500년이 넘는 역사와 전통을 가진 강력한 치유 도구입니다.

싱잉볼은 티베트의 승려들이 종교의식과 명상을 할 때 사용하였습니다. 중국이 티베트를 점령하고 많은 티베트 승려들이 서양으로 망명하면서 싱잉볼이 서구 사회에 널리 알려지게 되었습니다.

전통적인 싱잉볼은 히말라야에서 나온 금, 은, 철, 수은, 주석, 구리, 납을 합금하여 사람의 손을 이용해 망치로 두들겨 만든 둥근 형태의 볼로 어느 방향으로 치더라도 조화로운 진동이 일어납니다.

이 일곱 가지 금속들은 태양계를 돌고 있는 7개의 행성(해, 달, 화성, 수성, 목성, 금성, 토성)을 상징하고, 인간의 몸에 내재하여 있는 중요한 7개의 차크라에 영향을 줍니다.

우리 몸 안에서 고유한 에너지를 가진 차크라는 싱잉볼 고유의 소리음에 연결되어 공명하게 되고, 에너지의 흐름이 안 좋은 부분을 치유하여줍니다.

인간의 몸은 에너지 체로 눈에 보이지는 않지만 계속 진동을 하고 있습니다.

그런데 스트레스를 많이 받아 몸과 마음이 굳어져 에너지의 흐름이 좋지 않을 때, 싱잉볼의 진동과 파장이 바로 뇌파를 이완시키며, 완전히 이완된 상태에서 계속 싱잉볼 소리를 듣게 되면 깊은 명상 상태를 경험하게 됩니다.

싱잉볼의 부드럽고 미세한 진동은 피부를 넘어 혈관을 자극하고 세포까지 전달됩니다. 자신의 에너지와 싱잉볼의 소리가 만나 동조 현상을 일으키며 꽉 막혀 있던 에너지의 흐름을 정화하고, 치유가 필요한 내 안의 부정적인 감정을 정화해줍니다.

긴장된 근육을 풀어 신경계의 흐름을 회복시키고 뇌파를 안정시켜주며, 호흡이 편안해지고, 몸과 마음이 안정감을 느끼게 되어 몸 전체의 균형을 잡아주며, 자연치유력이 깨어나게 됩니다.

PART 2

차크라와 명상

1. 차크라

차크라는 산스크리트어로 '바퀴' 또는 '원반'을 의미합니다. 동양에서는 '기氣', '프라나' 등으로 불립니다.

모든 생명체는 빛을 발하는 에너지 장을 가지고 있습니다. 인간의 몸에 내재한 영적 에너지의 소용돌이, 특정한 진동의 파장으로 미세한 프라나라고 하는 생명 에너지가 활동하는 중심센터입니다. 이 에너지는 우리 몸뿐만이 아니라 우주 전체에 편재된 생명 에너지입니다.

우리 몸에는 중요한 7개의 에너지 센터가 있는데, 이들은 교감 신경, 부교감 신경계와 같은 자율신경계에 상당히 밀접한 관계를 맺고 있습니다. 흡수, 순환, 분비하는 기능을 포함해 육체적 건강과 정신적 건강에 큰 영향을 미칩니다.

차크라는 신체의 앞에서부터 척추가 있는 뒷면까지 관통하여 연결되어 있으며, 우리의 에너지와 의식의 통로입니다.

각 차크라는 자체의 목적과 연계성을 가지고 있고, 각 차크라와의 균형과 조화는 인간의 신체와 정신이 변화하고 발전하고 성장하는 데 영향을 미칩니다.

우리의 삶 속에서 경험했던 모든 것들이 차크라에 영향을 미치고, 부

정적인 경험은 차크라의 흐름을 막히게 하고, 연결된 다른 에너지에 영향을 미칩니다.

나애 명상을 하면 이러한 7개의 차크라를 연결하여 기의 흐름이 좋아지고, 우리의 삶을 한 단계 끌어올리는 특정한 재능이 깨어나며, 영적인 에너지가 깨어나 지혜로워집니다.

삶에 대한 불안감을 내려놓게 되고, 몸과 마음의 균형, 삶의 균형을 회복하여 자연치유력이 깨어납니다. 내면의 힘이 깨어나며 지금, 이 순간을 온전히 받아들이며 깨어 있게 합니다.

제1 차크라
물라다라 차크라 mūlādhāra-cakra

땅의 요소로 이루어져 있고, 우리와 지구를 연결하는 뿌리입니다.

회음부에서 시작하며, 물질적인 에너지를 공급하고 생명력과 깊은 관계를 맺는 자기 에너지의 '근원'입니다. 우리에게 안정감과 생존의 에너지를 관장하고 습관, 무의식의 중심입니다.

감정, 육체적 건강, 가족과의 관계, 가치 있는 공동체 의식, 안정감과 용기, 다리, 발, 뼈, 대장 부위와 직장, 신장 기능과 음식, 수면, 생존에 관한 본능적 욕구가 담겨 있고, 현실에 적응하지 못하고, 회피와 두려움의 정서와도 관련이 있습니다.

부모님의 이혼, 어릴 적 트라우마로 나에 대한 인정과 사랑이 부족할수록 첫 번째 차크라의 에너지가 약하고, 소화가 잘 안 되고, 면역력이 떨어지고 심하게 우울해집니다.

하체가 가늘고 힘이 없는 것도 뿌리 에너지가 고갈된 것입니다.

생활 속에서 안정감을 잃고 소속감이 없으며 인내력도 떨어지고, 에너지가 과하면 지나친 쇼핑과 과한 게임중독, 스릴을 즐기고, 자신을 소중히 여기지 않고, 육체적으로 위험을 감수하는 일에 매달립니다.

또한, 우리의 강력한 잠재력(쿤달리니 샥티Kundalini Shakti)이 숨겨져 있는 곳이기도 합니다.

나애 명상을 수련하면 이곳에 잠들어 있는 뿌리 에너지에 생명력을 불어넣을 수 있습니다.

우리가 현실에 단단히 뿌리를 내리도록 도와주며, 자신의 삶에 대한 긍정적 태도와 안정된 기운을 갖게 되고 삶에 만족하게 됩니다.

빨간색, 근원, 뿌리, 존재, 인정, 습관

부정적 감정 : 분노, 경직

나 자신을 있는 그대로
인정하고 수용합니다.

빨간색 색종이를 눈앞에 두고 바라봅니다. 빨간색에 마음을 모아 깊이 집중해서 바라봅니다. 고요한 호흡 속에서 바라봅니다. 빨강의 이미지가 나의 의식을 채우도록 하고, 눈을 감습니다. 눈을 감으면 잠깐 빨간색의 잔상이 남게 됩니다.

계속 느껴봅니다. 그 빨간색의 느낌을 항문과 생식기 사이 회음혈 주변으로 가져가 에너지를 느껴봅니다. 따뜻하고 밝은 느낌의 빛으로 바라봅니다. 나의 생명의 에너지, 빨간색의 에너지에 사랑의 빛을 비추어주고 뿌리 에너지의 생명력을 온몸으로 느껴봅니다. 태양의 에너지, 빛의 에너지가 나에게 빨간빛으로 태초의 에너지로 자리 잡습니다. 태양이 모든 것을 비춰 생명의 에너지를 불어넣어 주듯이 내 사랑의 호흡을 담아 나에게 생명의 빛과 사랑을 불어넣습니다.

내 몸속 세포 하나하나에 깊은 사랑의 마음을 담아 따뜻한 태양의 에너지를, 사랑의 빛에너지를 비추어주면 뿌리까지 말라버린 내 영혼을 적시고, 생명의 에너지가 깨어나게 됩니다.

내가 나에게 말 걸어줍니다.

사랑의 빛으로
태양의 빛으로
사랑한다고
고맙다고 말 걸어줍니다.

제2 차크라
스바디스타나 차크라 svādhiṣṭhāna-cakra

물의 요소로 이루어져 있고, 배꼽 아래 양 골반이 만나는 곳에 있습니다. 기억과 잠재의식의 저장고입니다. 이 에너지 센터는 인간의 욕망, 성적인 기쁨, 쾌락의 원리에 의해 지배됩니다. 세상의 즐거움, 현실의 감각적인 행복감, 사람이 살아 있다는 존재감, 삶을 즐기는 원동력이 됩니다.

우리 인체에서 액체와 관련된 기능에 관여하는데, 혈액, 림프액, 생식기와 방광에 에너지를 공급하고, 눈물, 비뇨기계, 배설기 계통, 신장, 췌장, 비장 계통 등에 영향을 미치며, 인체의 해독작용에도 영향을 줍니다.

우리의 감정과 정서에 관여하고, 성적, 감각적인 에너지를 다스리며 즐거움과 창조성과 타인에 대한 기본적인 태도를 결정합니다.

감정적인 경험은 뿌리 차크라 안에서 생성된 특정한 기반이나 믿음에 있기에, 아기에 대한 어머니의 태도가 두 번째 차크라에 영향을 미칩니다. 표현을 못 하거나 사고의 경직성, 타인과의 관계성에 영향을 미칩니다. 두 번째 차크라를 깨우면 억눌린 감정들을 해소하여 자유롭고, 자신감과 자기 존중이 깨어나고, 타인과의 관계가 원만해지고 평탄해집니다. 섬세함과 융통성으로 변화를 잘 받아들이며, 창조적 활동에 전념하면서 이 시대의 흐름을 물 흐르듯 잘 따라갑니다.

인체의 자연 치유력이 깨어나고, 생명이 탄생하는 곳이며, 창의력과 열정, 친절함, 행복감 등과 연관되어 있습니다. 에너지의 흐름이 좋지 않을 때는 애착에 휘둘리게 되고, 표현을 잘 하지 못하고, 관계에 대한 집착, 불감증, 방광이나 신장, 자궁의 문제, 아래 부위의 경직이 나타나고 이성과 관계 맺기 힘들고, 이유 없는 죄책감과 민감함으로 나타납니다.

나애 명상을 수련하면 자신의 감정을 잘 관찰하고 무엇이 자신을 행복하게 만드는지를 알아가며 삶에 균형을 찾게 됩니다.

주황색, 욕망, 창조

부정적 감정 : 죄의식, 격정

나의 감정을

관찰합니다.

주황색 색종이를 눈앞에 두고 바라봅니다. 주황색에 마음을 모아 깊이 집중해서 바라봅니다. 고요한 호흡 속에서 바라봅니다. 주황의 이미지가 나의 의식을 채우도록 하고 눈을 감습니다. 눈을 감으면 잠깐 주황색의 잔상이 남게 됩니다.

계속 느껴봅니다. 그 주황색의 느낌을 배꼽 아래 양쪽 골반이 만나는 생식기 쪽으로 가져가 에너지를 느껴봅니다. 따뜻하고 밝은 느낌의 빛으로 바라봅니다. 삶의 활기, 즐거움과 창조의 에너지에 사랑의 빛을 비추어주고 성 에너지의 생명력을 온몸으로 느껴봅니다. 활활 타오르는 불같은 따뜻한 에너지를 온몸으로 느껴봅니다.

성 에너지, 행복 에너지, 삶에 대한 열정과 창조에너지가 나에게 주황빛으로 자리 잡습니다. 불이 뜨겁게 타오르듯 내 안의 인간적 욕망을 잘 다스려 창조의 에너지로 승화합니다. 삶에 대한 열정을 불태우며, 나와 연결된 많은 사람에게도 따뜻함을 전해주고 행복의 빛과 사랑을 나 자신에게도 불어넣습니다.

내 몸속 세포 하나하나에 깊은 사랑의 마음을 담아 따뜻한 불의 에너지를, 사랑의 빛 에너지를 비추어주면, 삶의 생기를 잃어버린 나 자신을 깨우고, 창조의 에너지가 깨어나게 됩니다.

내가 나에게 말 걸어줍니다.

사랑의 빛으로

창조의 빛으로

사랑한다고

고맙다고 말 걸어줍니다.

제3 차크라
마니푸라 차크라 maṇipūra-cakra

불의 요소이며, 배꼽 위에 위치하고, 몸의 소화 불과 열의 조절을 제어하는 태양신경총과 관련이 있는 차크라입니다.

우리의 자아, 정체성의 핵심이고, 세상에서 우리의 위치를 찾는 것, 다른 이들과 관계 맺음과 관련됩니다.

나 자신의 의지와 파워, 자기 존중, 자아의 확신을 추구합니다.

신경 계통의 장애에 영향을 주고, 부모에 대한 어린 시절의 반응, 논리적이고 이성적인 사고에 사용되며, 현실적인 행동과 움직임으로 드러나게 합니다. 이 차크라의 에너지가 좋으면, 도전과 성취를 통하여 삶을 즐기게 됩니다.

소화기관, 내면의 힘, 욕망, 목적, 자아의 인식, 자존감과 관련이 있고, 교감 신경을 활성화하며, 육체의 전체 에너지를 관장합니다.

세 번째 차크라가 깨어나면 변화의 에너지가 몸을 감쌉니다. 에너지가 막혀 있으면 공격적으로 야망을 좇고 자존심이 세지고, 권력을 독차지하고 싶어 합니다.

세 번째 차크라의 왼쪽 기관들은 외로움이나 슬픔으로 쉽게 문제를 일으키고, 오른쪽 기관들은 화라든지, 삶에 대한 지나친 통제 욕구와 갈등을 일으킵니다. 우리가 겪는 고통 대부분은 이 부분의 에너지장에서 비롯됩니다. 상처받은 기억과 싫어하는 사람, 미움의 감정이 소화 장애를 일으킵니다. 이 힘과 에너지의 저장소인 세 번째 차크라의 힘의 결여로 인한 개인의 성장 중지 현상이 일어날 수 있습니다.

첫 번째 차크라에서 세 번째 차크라는 의식과 느낌의 영역입니다. 왜냐하면, 사람이 느끼는 것은 곧 진실이기 때문입니다.

노란색, 전념, 자아성립

부정적 감정 : 화, 탐욕

자신을
존중합니다.

우리의 본능이 무엇이며, 우리의 삶이 그 본능에 어떻게 좌우되는지와 관련이 있습니다.

불 요소의 속성은 의식을 깨우는 것으로 무의식과 신체적 수준에서 벗어나서 정신과 신체가 결합하면서 현실에 따르는 행동을 하게 되고, 첫 번째 차크라와 세 번째 차크라의 흙과 물의 수동적인 에너지를 세 번째 차크라인 불 에너지가 위로 상승하게 하며 형태를 파괴하고 물질 원래의 에너지를 빛과 열로 변형시킵니다.

생존에 필요한 생명 에너지를 온몸에 공급하기 위해 소화 작용을 돕습니다.

우리의 무의식의 상태에서 우리를 고정된 패턴에서 자유롭게 만드는 것이 의지이며, 새로운 행동을 창조해냅니다. 강한 배꼽 중심이 있는 사람은 자기 행동을 지배할 수 있습니다. 이것은 배꼽의 불이 낡은 행동 양식과 오래된 습관들을 태워버리고 정화하기 때문입니다.

당뇨, 저혈당, 위궤양, 위장, 간 등이 직접적으로 제3 차크라 에너지 센터와 관련됩니다.

신진대사에 중요한 것은 공기입니다. 네 번째 차크라의 요소인 공기가 없으면 불은 연소하지 못합니다. 우리의 호흡이 제한되면 숨 쉴 공간이 없게 되고 신진대사가 방해받으면 우리의 에너지가 제한되게 됩니다. 그러므로 에너지는 제4 차크라의 연민, 공감 등이 없이 사용하게 되면 탄압, 억압 등의 해로움으로 유발될 수 있습니다.

제3 차크라의 에너지가 균형을 이루면 외부 환경으로부터 새로운 지식을 습득하고 소화와 흡수작용을 통하여 자신의 변화를 주도하고 미래로 나아가게 됩니다. 하지만 부족할 경우 정체되고, 무기력해질 수 있습니다. 결국 우리가 육체적, 정신적 건강의 합일을 이루기 위해서는 의식의 네 번째 중심까지 에너지를 끌어올려야 합니다.

노란색 색종이를 눈앞에 두고 바라봅니다. 노란색에 마음을 모아 깊이 집중해서 바라봅니다. 고요한 호흡 속에서 바라봅니다.

노랑의 이미지가 나의 의식을 채우도록 하고, 눈을 감습니다. 눈을 감으면 잠깐 노란색의 잔상이 남게 됩니다.

계속 느껴봅니다. 그 노란색의 느낌을 배꼽 위쪽으로 가져와 에너지를 느껴봅니다. 따뜻하고 밝은 느낌의 빛으로 바라봅니다.

나의 의지와 힘의 에너지, 노란색의 에너지에 사랑의 빛을 비추어주고, 육체 에너지의 생명력을 온몸으로 느껴봅니다.

한낮의 태양의 에너지, 빛의 에너지가 나에게 노랗고 밝은 육체의 에너지로 자리 잡습니다.

노랗고 밝은 빛이 모든 것을 비춰 생명의 에너지를 불어넣어주듯이 내 사랑의 호흡을 담아 나에게 생명의 빛과 사랑을 불어넣습니다.

내 몸속 세포 하나하나에 깊은 사랑의 마음을 담아 따뜻한 밝은 빛 에너지를, 사랑의 빛 에너지를 비추어주면, 나 자신을 있는 그대로 온전히 받아들이게 되고, 나를 존중하는 마음 에너지가 깨어나게 됩니다.

내가 나에게 말 걸어줍니다.

사랑의 빛으로

노랗고 밝은 빛으로

사랑한다고

고맙다고 말 걸어줍니다.

제4 차크라
아나하타 차크라 anāhata-cakra

공기 요소이며, 가슴 중앙에 있습니다.

몸의 혈류는 모두 이 센터를 통해 펌프질 되고 몸의 모든 기관도 이곳으로부터 영양분을 공급받고, '나'로부터 좀 더 우주적인 영역인 '우리'로 확장되어갑니다. 하위 차크라와 상위 차크라를 연결하며, 이상과 현실을 연결하는 다리 역할을 합니다.

심장 차크라는 모든 차크라 중에서 가장 강력하며, '영혼이 머무는 곳'이라고 가르칩니다. 인간의 다양한 감정이 하나로 모이는 곳이고, 인간이 품을 수 있는 최고의 감정이 뿜어져 나오는 곳입니다. 동정심이나 조건 없는 사랑, 신에 대한 완전한 믿음, 치유, 용서와 같은 것을 뜻합니다.

타인과의 관계에서 사랑을 주고받을 수 있는 능력을 나타냅니다. 우리가 우리 자신을 사랑할 때 다른 이들에게 향하는 공감과 수용, 연민, 존중의 느낌을 넓히게 되고, 사랑을 줄 수 있으며 삶의 전반에서 사랑과 치유가 일어납니다.

하지만 심장은 불안과 실망, 외로움과 좌절 같은 감정이 머무는 곳이기도 합니다. 지나치게 자신을 비난하거나 다른 이들을 비난하고, 조건 없는 사랑을 주고받을 수 없고, 이기적이고 질투, 증오, 슬픔, 지나치게 외로워하고, 우울한 감정들이 많습니다.

현실에서 무언가를 창조할 때 '마음이 원하지 않는다면' 가로막히게 됩니다. 나 스스로가 앞으로 나아갈지, 멈춰 있을지를 정하는 곳이기도 합니다.

여기에서 인간의 의식은 모순과 불안정하다는 느낌의 영역으로부터 고귀함과 완전성 그리고 안전성으로 도약하게 됩니다.

초록색, 사랑, 연민

부정적 감정 : 두려움, 집착

가장 강력한 에너지,

사랑을 느낍니다.

초록색 색종이를 눈앞에 두고 바라봅니다. 초록색에 마음을 모아 깊이 집중해서 바라봅니다. 고요한 호흡 속에 바라봅니다.

초록의 이미지가 나의 의식을 채우도록 하고 눈을 감습니다. 눈을 감으면 잠깐 초록의 잔상이 남게 됩니다. 계속 느껴봅니다. 그 초록색의 느낌을 가슴 중앙으로 가져와 심장 차크라에 에너지를 느껴봅니다. 따뜻하고 밝은 느낌의 빛으로 바라봅니다.

추운 겨울을 이겨내고 돋아 있는 새싹의 초록 에너지, 생명의 에너지에 사랑의 빛을 비추어주고, 내 가슴을 열어 자연의 풍요로운 에너지를 온몸으로 느껴봅니다. 초록의 싱그러운 에너지, 대지의 에너지가 내 가슴에 생기로 자리 잡습니다. 싱그러운 초록빛이 온 대지를 감싸듯이 나를 사랑하고, 나를 이해하는 마음을 담아 생명의 빛과 사랑을 호흡으로 불어넣습니다.

내 몸속 세포 하나하나에 깊은 사랑의 마음을 담아 싱그러운 대지의 에너지를, 초록의 에너지를 비추어주면, 사람들에 의해 상처받고, 나 자신에게 상처받은 나 자신의 영혼을 회복하고 치유합니다.

내 가슴을 열어 나 자신을 받아들여주면 삶도 나에게 다가옵니다.

내가 나에게 말 걸어줍니다.

사랑의 빛으로

대지를 감싸는 초록의 빛으로

사랑한다고

고맙다고 말 걸어줍니다.

제5 차크라
비슈다 차크라 *viśhuddha-cakra*

에테르 요소이며, 목구멍의 영역에 위치합니다. 목, 어깨, 입, 코, 귀를 포함하며 머리와 마음의 통로가 되는 곳입니다.

말하기와 듣기같이, 직접적으로 의사소통을 하는 능력과 관련이 있습니다. 남들에게 자기의 의사를 전달하고, 이해받는 능력이 포함됩니다.

남성성과 여성성, 의식과 무의식 등 자아의 모든 양극적 측면이 이 차크라에서 균형을 이룹니다. 영적인 차원에서 보면 신과 나누는 대화와도 관련이 있습니다. 그것은 객관화된 진리의 영역입니다.

머리로 이해하는 것과 가슴으로 이해하는 것의 차이를 느낄 때, 목과 턱에 불편함을 느끼게 됩니다. 갑상샘과 신진대사를 조절하는 내분비샘의 문제를 일으킵니다. 자신이 마음속으로 느끼는 것들을 자연스럽고 진실하게 표현할 수 있어야 합니다.

우리가 사회생활을 하면서 소통에 막힘이 올 때, 이 차크라에 문제가 생기기 쉽습니다. 모든 균형에서 중심 역할을 하는 것이 다섯 번째 차크라이므로, 우리의 습관적인 자기표현 스타일에도 영향을 받습니다.

치유와 성장을 위한 노력은 균형을 찾아주는 역할을 하는데, 우리 신체 중에서 이러한 재능이 있는 물리적 위치는 몸의 균형을 유지해주는 비슈다 차크라입니다. 제5 차크라가 균형을 잃으면 목의 통증, 치아 문제, 인후염, 청각 장애, 갑상샘 이상 혹은 중독 증세에 영향을 미칩니다.

나애 명상을 하며 자신의 목소리로 소리를 내면 그 소리의 파장이 목 차크라를 열게 되고, 목과 가슴 차크라를 연결하며 몸 전체를 치유하는 효과까지 있습니다. 나 자신을 사랑하는 마음을 담아 나에게 들려주면 우리의 세포에 각인된 오래된 상처를 치유하게 됩니다.

파란색, 의사소통, 진실

부정적 감정 : 거부, 단절

자신을

표현합니다.

파란색 색종이를 눈앞에 두고 바라봅니다. 파란색에 마음을 모아 깊이 집중해서 바라봅니다. 고요한 호흡 속에서 바라봅니다. 파랑의 이미지가 나의 의식을 채우도록 하고, 눈을 감습니다. 눈을 감으면 잠깐 파란색의 잔상이 남게 됩니다.

계속 느껴봅니다. 그 파란색의 느낌을 목구멍에 있는 차크라로 가져와 에너지를 느껴봅니다. 평화와 고요의 느낌의 빛으로 바라봅니다. 나의 평화의 에너지, 고요의 에너지에 사랑의 빛을 비추어주고, 파란 하늘의 무한함과 파란 바다의 무한의 에너지에 사랑의 빛을 비추어주고, 대자연의 생명력을 온몸으로 느껴봅니다.

파란 하늘의 에너지, 파란 바다의 에너지가 나에게 파란빛으로 고요의 에너지로 자리 잡습니다. 파란 하늘과 파란 바다가 파란빛으로 평화의 에너지로 자리 잡습니다. 하늘과 바다가 모든 것을 구분 없이 받아들이듯, 내 삶에서 일어나는 모든 것을 받아들입니다.

내 몸속 세포 하나하나에 깊은 사랑의 마음을 담아 파란 하늘의 에너지를, 파란 바다의 에너지를, 평화와 고요의 빛 에너지를 비추어주면, 나 자신을 위한 진실이 무엇인지, 진실로 무엇을 해야 하는지 스스로 알게 되어 자신의 삶이 깨어나게 됩니다.

내가 나에게 말 걸어줍니다.

파란 대자연의 빛으로

사랑한다고

고맙다고 말 걸어줍니다.

제6 차크라
아주나 차크라 ājñā-cakra

제3의 눈이라고 불리며, 미간에 있습니다. 주 분비샘이라고 알려진 뇌하수체가 이 영역에 속합니다. 뇌하수체는 세로토닌의 분비를 담당하는 곳이며, 내분비계, 면역체계 기능에 영향을 미칩니다. 두뇌의 시냅스에 영향을 주며 두뇌의 좌우 반구 기능의 균형을 잡아줍니다.

몸 안에 흐르는 중요한 에너지의 통로인 이다 나디(왼쪽)와 핑갈라 나디(오른쪽)가 만나는 곳이며, 몸과 마음이 하나로 합쳐지는 곳입니다. 육체적으로 보면 뇌하수체, 성장, 발달과 관련이 있습니다. 사람은 자신이 보고 싶은 것만 보고, 듣고 싶은 것만 듣는 경향이 있습니다.

우리의 신체적인 눈은 현실에서 보이는 요소들을 감지하지만, 미간에 있는 제3의 눈은 마음을 지극히 고요하게 했을 때, 모든 사물을 이해하고 눈에 보이지 않는 너머의 것을 볼 수 있는 잠재력을 우리에게 줍니다.

차크라가 깨어나면 마음 집중이 잘되고, 생기가 넘치면서 알맞게 통제되고, 상상력을 발휘하고 카리스마 있고 논리적이고 물질적인 세계로부터 직감의 세계로 초월하는 지혜가 생깁니다.

우리라는 존재가 단순한 몸뚱이에 불과함을 알게 되고, 눈에 보이지 않는 것을 보는 통찰력이 깨어납니다.

차크라의 균형이 깨지면, 의사소통이 어렵고 기억력이 나빠지고 성공을 두려워하고 머리로만 생각하고 아래 차크라가 소진돼서 독단적이고 거만하며 지적인 면만 앞세워 권위적으로 될 수 있습니다.

나애 명상을 수련하면 제3의 눈인 아주나 차크라를 깨우며, 눈에 보이는 일들 속에서 문제의 숨은 뜻을 읽을 수 있게 되며 직관력이 깨어나게 됩니다.

남색, 직관, 지혜

부정적 감정 : 우울, 혼란

눈에 보이지 않는

너머의 것을 봅니다.

남색 색종이를 눈앞에 두고 바라봅니다. 남색에 마음을 모아 깊이 집중해서 바라봅니다. 고요한 호흡 속에서 바라봅니다. 남색의 이미지가 나의 의식을 채우도록 하고, 눈을 감습니다. 눈을 감으면 잠깐 남색의 잔상이 남게 됩니다.

계속 느껴봅니다. 그 남색의 느낌을 제3의 눈이라고 불리는 미간으로 가져가 에너지를 느껴봅니다. 따뜻하고 밝은 느낌의 빛으로 바라봅니다. 나의 직관의 에너지, 남색의 에너지에 사랑의 빛을 비추어주고, 내면의 빛 에너지의 생명력을 온몸으로 느껴봅니다.

직관의 에너지, 지혜의 에너지가 나에게 남색 빛으로 내면의 빛으로 자리 잡습니다. 내면의 빛이 내 몸속을 비춰 생명의 에너지를 불어넣어 주듯이 내 사랑의 호흡을 담아 나에게 생명의 빛과 사랑을 불어넣습니다. 내 몸속 세포 하나하나에 깊은 사랑의 마음을 담아 따뜻한 내면의 에너지를, 지혜의 빛 에너지를, 사랑의 빛 에너지를 비추어주면 눈에 보이지 않는 너머의 것을 볼 수 있는 잠재력을 깨우며, 삶을 살아가는 동안에 겪는 여러 가지 일 중에서 내가 알아야 할 것의 참모습을 느끼게 됩니다.

제3의 눈이 열리며 지혜의 에너지가 깨어나게 됩니다.

내가 나에게 말 걸어줍니다.

사랑의 빛으로

내면의 빛으로

사랑한다고

고맙다고 말 걸어줍니다.

제7 차크라
사하스라라 차크라 sa-hasrāra-cakra

정수리에 위치합니다. 이곳은 신생아의 머리에 있는 물렁물렁한 지점입니다. 전통적으로 이 차크라는 뇌 자체를 지배할 뿐 아니라 신경체계, 골격체계, 그리고 순환체계를 포함한 근육, 피부 등 모든 주요한 체계를 지배합니다.

그것은 뇌하수체인 송과 선과 대응하며 자아의 실현과 현재에 사는 것, 의미 있는 일, 헌신과 함께 뿌리가 있는 통합적 의식의 전체 우주와의 결합을 경험하는 것과 관련되어 있습니다.

균형이 잡히면 내가 가진 힘을 어딘가로 부여할 수 있고, 평온하며, 삶을 신뢰할 수 있습니다.

이것은 무한성의 영역이며, 시간과 공간 그리고 인과성을 넘어서는 곳이며, 최상의 힘인 창조자 혹은 신과 소통할 수 있는 능력을 포함합니다.

우리는 일곱 번째 차크라를 통해 진동하며, 우주와 우리를 강하게 연결해주는 힘을 느낄 수 있습니다.

보라색, 무한함, 깨달음

부정적 감정 : 비애

우주 의식을

받아들입니다.

보라색 색종이를 눈앞에 두고 바라봅니다. 보라색에 마음을 모아 깊이 집중해서 바라봅니다. 고요한 호흡 속에서 바라봅니다. 보라색의 이미지가 나의 의식을 채우도록 하고, 눈을 감습니다. 눈을 감으면 잠깐 보라색의 잔상이 남게 됩니다.
계속 느껴봅니다. 그 보라색의 느낌을 정수리로 가져와 에너지를 느껴봅니다.

따뜻하고 밝은 느낌의 빛으로 바라봅니다. 나의 무한대의 에너지, 보라색의 에너지에 사랑의 빛을 비추어주고, 영혼 에너지의 생명력을 온몸으로 느껴봅니다. 우주의 에너지, 무한대의 에너지가 나에게 보랏빛으로 영혼의 에너지로 자리 잡습니다.

무한한 우주의 빛이 모든 것을 비춰 생명의 에너지를 불어넣어주듯이 내 사랑의 호흡을 담아 나에게 무한의 빛과 사랑을 불어넣습니다.

내 몸속 세포 하나하나에 깊은 사랑의 마음을 담아 따뜻한 우주의 에너지를, 무한의 에너지를 비추어주면 나 자신이 내가 생각하는 것보다 더 큰 존재임을, 우주와 연결된 무한한 존재임을 느끼게 되고 나 자신의 무한의 에너지가 깨어나게 됩니다.

내가 나에게 말 걸어줍니다.

사랑의 빛으로

우주의 빛으로

사랑한다고

고맙다고 말 걸어줍니다.

2. 차크라 명상

우리는 감정을 마음이라고 합니다.

하지만 감정은 몸에 기억된 몸의 경험입니다.

차크라 명상을 통해 7개의 차크라와 연결되어 있는 내 몸을 이완하고, 마음의 눈으로 나애 명상을 하며 내 몸에 말 걸어봅니다.

제1 차크라
나애 사랑(몸 사랑) 명상

나는 나를 사랑합니다. 나는 내가 참 고맙습니다. 나라는 몸으로 이렇게 잘 살아와 준 내가 너무나 고맙고 감사합니다.

나는 내 양쪽 뇌에 감사함을 보냅니다. 뇌는 몸의 모든 기능이 제 기능을 하도록 돕는 중앙 통제실의 역할을 하며 내 몸의 모든 기능이 자유롭습니다. 너무나 고맙고 고맙습니다.

나의 두 눈은 세상의 좋은 것들을 보고 인식하며, 내 영혼의 창 역할을 합니다. 고맙고 고맙습니다.

나의 코는 숨을 쉬어 하늘의 에너지를 받아들일 수 있도록 해주고, 나의 입은 음식을 먹고 활동할 수 있는 에너지원을 받아들이고, 사랑의 말을 할 수 있게 도와주고 있습니다. 고맙고 고맙습니다.

나의 귀는 소리를 듣게 하고 내 몸의 균형을 잡아주는 큰 역할을 합니다. 고맙고 고맙습니다.

나의 피부는 신체 표면을 덮고 있고, 외부의 물리적 자극을 막아주고, 체온조절을 해주는 정말 중요한 일을 합니다. 또 피부조직은 많은 세포의 집합체이기도 해 세포군이 생명을 유지하는 중요한 역할도 합니다. 너무나 고맙고 고맙습니다.

나의 목은 들어온 음식물과 공기를 식도와 후두로 잘 나눠 보내는 통로 역할을 하며 목소리를 내는 데에도 중요한 역할을 해줍니다. 고맙고 고맙습니다.

나의 어깨는 무거운 머리와 양팔을 연결하고 있고, 정신적인 긴장까지 짊어지고 있습니다. 너무나 고맙고 고맙습니다.

나의 양쪽 폐에 진심으로 고마운 마음을 전합니다. 혈액에 산소를 공급하고, 불필요한 탄산가스를 밖으로 내보내 혈액을 깨끗하게 하는 가스 교환을 해줍니다.

나의 심장은 하루 24시간 쉬지 않고 펌프 역할을 하며 혈액을 몸 전체에 순환시킵니다. 너무나 고맙고 고맙습니다.

나의 위장은 납작하고 주름투성이인 J자 모양으로, 강한 위산에 손상되지 않게 위벽에서 점액을 분비하여 자신을 보호하고, 음식과 위액을 섞어 휘저어 암죽을 만들어 십이지장에서 이루어지는 본격적인 소화에 대비하는 주요 역할을 합니다. 위액의 분비와 연동운동으로 음식물을 잘게 부수어줍니다. 정말 고맙습니다.

음식물들을 소화, 흡수하는 기능을 소장이 하지만, 비장의 도움 없이는 불가능합니다. 습, 담, 부종 등은 비장의 작용입니다. 비장은 적혈구를 저장하고, 혈을 혈맥 내에서 흐르게 하고 영양물질을 심, 폐, 눈, 머리 등으로 운반하는 역할을 하고, 몸의 살을 주관합니다. 고맙고 고맙습니다.

나의 간은 가장 크고, 무겁고, 가장 온도가 높은 장기입니다. 사고하는 능력을 주관하고 혈을 저장합니다. 간세포는 특수화된 상피세포로 재생 능력을 갖추고 있는 신비롭고 기이한 기관입니다. 몸속의 화학 공장이라고 할 수 있는 간의 임무는 대사와 해독작용입니다. 간장의 기능 중 담즙의 분비가 있는데, 장 속에서의 소화, 흡수를 돕는 간은 바깥쪽을 향해 흐르며 담낭에 모여 담관을 거쳐 십이지장으로 보내어집니다.

담즙은 95% 이상이 수분으로 이루어져 있는데, 담낭에서는 그 수분이 짜내져 담즙의 농축 탱크 역할을 합니다. 나를 위해 간과 담이 조화를 이루며 나의 건강을 위해 일을 합니다. 고맙고 고맙습니다.

췌장은 혈액 속 포도당의 양을 일정하게 유지하는 호르몬인 인슐린과 혈당량을 높이는 역할을 하는 호르몬인 글루카곤을 분비합니다. 이들은 혈액 순환계에 들어가 혈당의 평형을 유지합니다. 고맙고 고맙습

니다.

나의 소장은 입으로 섭취한 음식물의 영양분의 80%를 몸에 흡수시킵니다. 고맙고 고맙습니다.

다음에 보내지는 대장에서는 나머지 수분을 흡수해 영양과 수분을 짜낸 찌꺼기를 고형화하는 작용을 합니다. 고맙고 고맙습니다.

나의 신장은 몸의 태내에서 제일 먼저 생성되는 곳이며, 생식과 생장, 발육을 주관하고 혈액을 깨끗하게 해주는 필터 역할을 합니다. 그리고 체내 항상성 유지 기능을 하는 중요한 장기 중 하나입니다. 고맙고 고맙습니다.

나의 방광은 신장에서 만들어진 소변이 요관을 거쳐 방광으로 들어가, 거기에 어느 정도 차면 배출됩니다.

이러한 모든 기능이 자연스럽게 이루어짐에 감사와 감사를 보냅니다.

대장에서 고형화된 모든 것들이 항문을 통해서 잘 배출이 됩니다. 고맙고 고맙습니다.

척추를 따라서 골반 안쪽으로 질, 난소, 자궁, 항문에 이르기까지 고맙고 고맙습니다.

남자들은 골반 안에 비뇨기 계통의 방광, 요관, 그리고 생식 계통의 정관, 전립샘, 정낭, 음경, 음낭을 포함한 모든 것이 제 기능을 합니다. 고맙고 고맙습니다.

넓적다리부를 지나 무릎, 종아리, 발목, 발바닥과 발가락 모두가 고맙고 고맙습니다.

나의 팔은 내가 내미는 곳에 닿을 수 있도록 뻗어주고, 손으로 사랑의 감촉을 느끼게 도와주며, 나의 두 다리는 내가 원하는 곳으로 나를 이끌어줍니다. 나의 세포, 신경, 혈관, 호르몬 등의 기능이 서로 잘 연계하고 협조함으로 이렇게 자유롭습니다. 너무나 고맙고 고맙습니다. 이렇듯 나의 몸과 마음에 감사함을 느낍니다.

내 온몸에서 일어나는 모든 일이 이미 기적임을 느낍니다. 날마다 이러한 기적이 나에게서 일어나고 있습니다. 나의 존재 자체가 얼마나 소중한 존재임을 온몸과 마음으로 느껴봅니다.

내가 바로 기적임을 느끼며 나 자신에게 마음속 깊은 곳에서 우러나오는 사랑의 마음을 보냅니다. 감사의 마음을 보냅니다. 내 자체가 경이로움으로 빛납니다. 나 스스로가 나의 존재를 이렇게 온전히 느낄 때, 내 안의 평화와 기쁨의 샘이 솟아나는 것을 느끼게 됩니다. 내 몸의 세포 하나하나가 깨어나고 몸속 구석구석이 생명의 에너지를 받아들이고, 치유의 에너지를 받아들입니다.

우리가 찾는 모든 것들이 이미 내 안에 존재하고 있음을 알게 됩니다.

하늘, 땅, 공기, 햇빛, 바람, 나무, 꽃, 나…….

우주에 존재하는 모든 것이 경이롭습니다.

이 모두는 하나로 연결되어 있음을 온몸으로 느낍니다.

내가 바로 기적입니다.

제2 차크라
자궁과 생식기를 튼튼하게 하는 나애 명상

머리끝에서 발끝까지 온몸에 힘을 빼고, 편안하게 등을 대고 눕습니다. 발가락 하나하나, 발목, 종아리, 무릎, 대퇴근, 골반, 허리, 가슴, 어깨, 목, 턱, 머리의 긴장까지 다 내려놓습니다. 오늘 하루 지친 내 몸과 마음의 긴장을 다 내려놓고 숨을 코로 크게 마시고 길게 내쉽니다.

숨을 크게 마시고 크게 내쉽니다. 천천히 숨을 내쉬었으면, 나의 의식을 아랫배 깊숙한 곳으로 가져갑니다.

숨을 크게 마시고 길게 내쉽니다.

숨을 크게 마시고 길게 내쉽니다.

나는 나를 사랑합니다.

나는 내가 행복한 삶을 살기를 바랍니다.

내 주변 모두가 행복한 삶을 살기를 바랍니다.

이러한 내 마음과 사랑을 담아 아랫배 깊숙한 곳에 의식을 줍니다. 그리고 이제 그 따뜻한 기운을 따뜻한 빛의 형태로 인지합니다. 아랫배에 노랗고 밝은 사랑의 빛을 쬐어주고, 다시 아래로 내려 자궁과 생식기 쪽으로 가져갑니다.

'나'라는 생명이 어머니의 자궁에서 잉태되고, 어머니의 보살핌으로 이렇게 성장하였습니다. 생명의 근원인 자궁에 따뜻한 사랑의 마음을 보냅니다. 내가 생활 속에서 받은 스트레스가 해소되지 않고, 움직임이 적을 때 아랫배가 차가워지고 자궁에도 영향을 미칩니다. 깨어 있는 마음으로 의식을 아랫배로 가져가 따뜻한 빛을 쬐어 아랫배에 따뜻함을 느껴주고, 호흡을 부드럽고 가늘고 깊게 불어넣어줍니다.

내 몸과 마음을 일상의 긴장에서 살짝 내려놓으며, 따뜻한 사랑의 에

너지를 보냅니다.

골반 안에 소중한 난소, 자궁관, 자궁, 질이 있습니다.

엄마의 품속 같은 따뜻함과 편안함을 자신에게 줍니다.

나의 사랑이 나의 자궁과 생식기에 그대로 전해지며, 호르몬체계의 모든 질서를 회복하고, 자궁과 생식기 주변의 독소와 노폐물을 밖으로 다 내보내 몸과 마음이 평화롭습니다.

생리 주기가 좋아지며, 생리통이 없어지며, 자궁 안의 작은 혹들도 밖으로 다 빠져나갑니다.

따뜻한 사랑의 마음을 담아 깊게 호흡해줍니다.

아랫배의 온기가 느껴지고 나의 호흡으로 산소와 혈액이 공급되어 순환체계의 모든 흐름이 원활하게 회복됩니다. 깨끗한 혈액으로 채워집니다.

모든 세포에 생기를 불어넣어주며, 나의 사랑의 빛으로 안정감과 편안함을 회복합니다.

숨이 나가고 숨이 들어옵니다.

가장 깊숙한 자궁 내막에 말 걸어줍니다. 한 달 동안 자궁 내막에 머물면서 애썼어. 고마워.

따뜻한 사랑의 마음을 담아 양손을 아랫배에 올려주며 순환시켜 주고, 호흡을 불어넣어 혈액이 순환되고, 노폐물을 깨끗하게 내보내줍니다.

제3 차크라
간에 좋은 나애 명상

편하게 눈을 감습니다. 자신의 몸을 등을 대고 누워도 되고, 앉아도 됩니다. 조용하고 편안한 곳에서 의식을 자신의 아랫배로 가져옵니다.

숨이 나가고 숨이 들어옵니다. 코로 숨을 내쉴 때 아랫배가 당겨지고, 숨을 마실 때 배가 가볍게 부풀어집니다. 머릿속의 복잡하고 무거운 생각들을 밖으로 다 내보내고 얼굴의 긴장도 풀어줍니다.

목, 어깨, 가슴, 척추, 골반, 두 다리의 힘과 손끝의 힘도 다 빼버리고 쉽니다. 호흡을 고르게 가늘게, 깊게 불어넣어줍니다. 몸 전체에 헛심을 빼고, 우리의 몸에서 가장 큰 간으로 의식을 가져갑니다.

가슴안의 오른쪽에 있으며, 갈비뼈가 보호하고 있습니다.

간은 우리 몸에 필요한 각종 단백질과 영양소를 만들고 저장하며, 몸에 해로운 물질을 해독하는 기능을 합니다. 또한, 인체에 중요한 대사작용을 총괄하기 때문에 인체의 화학 공장이라고 합니다.

혈액 내의 단백질 중 약 90%는 간에서 만들어지며, 특히 출혈이 있을 때 피를 멈추게 하는 혈액 응고, 단백질과 알부민을 만듭니다.

간에서 지방을 소화 및 흡수시키고, 남은 해로운 물질은 몸 밖으로 내보내는 일을 담당하는 담즙이 간에서 만들어집니다.

간에는 면역을 담당하는 쿠퍼세포가 있어 몸 밖에서 들어오는 세균과 독소 등 이물질을 잡아먹은 뒤 분해해 몸 밖으로 내보내는 역할을 합니다. 60조 개나 된다는 온몸의 세포에 에너지를 안정적으로 공급하고 있습니다. 이렇게 내 몸에서 중요한 일을 많이 하고, 강한 재생 능력까지 갖추고 있습니다.

이런 나의 간에 따뜻한 사랑을 보내봅니다.

나의 따뜻한 사랑의 마음을 담아 간에 호흡을 불어넣어주며, 스트레스에 지친 내 간세포에 산소를 공급하고 혈액을 공급하여 줍니다.

마음을 담아 그동안 바쁘다고 신경 쓰지 못하고, 스트레스를 받아 화나고 분노해서 간에 무리를 줬던 모든 일들, 나의 성공을 위해 앞만 보고 달린 탓에 나의 간을 돌보지 못한 미안한 마음을 담아 따뜻한 사랑의 에너지를 보내줍니다.

나의 사랑의 빛을 간에 보내주고 강력한 빛을 보내 치유합니다.

마음을 담습니다. 사랑을 담습니다.

나의 호흡에 나의 간을 사랑하는 마음을 담아, 보살피지 못했지만, 잘 버텨주고 잘 이겨내준 간에 고맙다 말 걸어봅니다.

나의 따뜻한 손으로 어루만져주고 쓰다듬어줍니다.

손끝에 사랑을 담습니다.

마음을 담아 간세포 하나하나에 숨을 불어넣어줍니다.

사랑과 감사를 담아 간세포 하나하나에 숨을 불어넣어줍니다.

나의 호흡에 사랑을 담습니다.

나의 호흡에 마음을 담습니다.

나의 따뜻한 사랑의 마음을 담아 내 간에 말 걸어줍니다.

내 사랑의 따뜻한 에너지가 간의 모든 기능을 깨우고 치유합니다.

간의 부기가 빠지고, 세포가 재생되고, 건강한 세포로 깨어납니다.

내 몸이 회복되고 치유됩니다. 내가 나를 사랑하는 깊은 호흡으로 나에게 사랑의 말을 걸어줍니다.

고맙고 고마운 간에게…….

제4 차크라
심장 차크라를 위한 나애 명상

눈을 감고 편안하게 호흡에 집중합니다. 앉아도 되고, 누워도 되고 자신이 할 수 있는 가장 편한 상태를 유지합니다.

머리, 얼굴, 턱, 목, 어깨의 헛심을 다 내려놓고 이완합니다. 가슴, 몸통, 골반, 두 다리의 긴장도 다 내려놓고 이완합니다. 내 삶의 모든 긴장을 내려놓고 이완합니다. 깨어 있는 마음으로 자신의 의식을 가슴에 집중합니다. 나의 심장을 있는 그대로 느껴봅니다. 내가 고요히 나의 심장 소리에 귀 기울여봅니다.

나의 심장이 나를 위해 하루 24시간 하루도 쉬지 않고, 펌프작용으로 피를 전신에 순환시켜 산소와 영양소를 공급합니다. 심장은 주먹 정도의 크기로 가슴 앞쪽에 있으며, 1분간 약 60회, 1일에 86,000회 박동하며, 여성은 남성보다 박동 수가 약간 많다고 합니다. 판막은 심실이 수축해서 피를 뿜어낼 때 피가 거꾸로 흐르지 않도록 동맥 쪽으로 일정하게 흐르게 하는 문짝과 같은 역할을 합니다.

심장 자체에는 스스로 전기를 생성하고 보내는 조직이 있는데 이는 눈에 보이지 않습니다. 이 조직은 심장이 수축해 피를 뿜어낼 수 있도록 합니다.

가전제품에 전기가 들어와야 작동하는 것과 같이 심장 역시 전기 자극이 가해져야 수축하고 피를 전신에 뿜어낼 수 있는 것입니다.

우리의 삶에 대한 기쁨의 힘이 넘칠 때, 심장의 피가 몸속을 더 잘 흐르게 됩니다.

살면서 사랑하는 사람에게 배신, 동업자의 배신, 친구의 배신이라는 상처를 받았다면, 심장에 큰 충격을 주었을 겁니다.

나 자신을 위해서…….

이러한 내 심장에 깨어 있는 따뜻한 사랑의 마음을 담아 호흡을 불어넣어줍니다.

의식적으로 천천히 호흡해줍니다.

내 심장을 나의 따뜻한 손으로 쓰다듬어주며 말 걸어줍니다.

내가 나를 뜨겁게 사랑한다고 말 걸어줍니다. 나를 위해 이렇게 매 순간 뛰어줘서 고맙다고 말 걸어줍니다. 그리고 따뜻한 사랑의 마음을 담은 밝은 빛으로 심장을 따스하게 감싸줍니다.

그리고 내가 살면서 누군가에게 상처를 주었다면 나 자신을 먼저 용서합니다.

살면서 받았던 상처를 다 이겨내고 내가 가장 좋은 나의 친구가 되어 나 자신을 사랑하겠다고 말 걸어줍니다.

내 안의 나를 사랑하는, 사랑의 빛이 나의 삶의 어둠을 걷어내고 나를 빛으로 인도할 수 있도록 사랑의 빛을 환하게 밝혀줍니다.

삶은 이정표가 있는 고속도로가 아니라 어둠으로 둘러싸인 깜깜한 길을 홀로 걷는 것임을 알기에…….

그 어두운 길에 내 가슴의 따뜻한 나를 사랑하는 마음의 빛이 환하게 이끌 수 있도록 내 심장에 말 걸어봅니다.

불안하고 힘들었던 모든 것이 지나갔음을 느끼며, 안정감을 찾고 심장의 모든 흐름이 회복됩니다.

내가 나를 사랑하는 깊은 사랑의 마음이 나를 평화와 행복의 길로 이끌어줍니다.

내가 나를 사랑하고 나의 심장을 치유합니다.

내가 나를 사랑하고 나의 삶을 치유합니다.

제5 차크라
갑상샘을 위한 나애 명상

몸과 마음의 긴장을 풀고 편하게 호흡합니다. 목의 긴장을 풀고 숨을 내쉬며 고개를 왼쪽 측면을 바라봅니다. 숨을 마시며 정면으로 돌아오고, 다시 숨을 내쉬며 고개를 오른쪽 측면으로 바라봅니다.

숨을 마시며 돌아오고, 다시 천천히 숨을 내쉬며 고개를 왼쪽으로 바라보고, 마시며 돌아와 다시 숨을 내쉬며 고개를 오른쪽으로 바라봅니다. 목의 균형감을 찾아주며 자연스럽게 호흡하며 왼쪽으로 고개를 돌려줍니다. 다시 돌아와 자연스러운 호흡을 하며 오른쪽으로 고개를 돌려줍니다.

목의 긴장과 어깨의 긴장을 풀어줍니다. 몸의 긴장을 풀었으면 눈을 편하게 감습니다.

깨어 있는 마음으로 의식을 목에 있는 갑상샘으로 가져갑니다. 목의 정중앙에 나비 모양의 갑상샘이 있습니다. 갑상샘은 후두의 앞쪽에 있으며, 중간의 좁은 부분으로 이어진 양쪽 두 개의 엽이 있는 방패 모양의 내분비샘입니다. 이곳에서 분비되는 호르몬은 필요한 물질은 흡수하고 필요 없는 물질은 배설하는 대사 작용을 돕습니다.

뼈에서 칼슘이 빠져나가는 것을 막아서 혈액 속의 칼슘 농도를 낮추는 호르몬을 분비합니다. 인체의 거의 모든 세포에 영향을 끼치게 되는데, 기초 대사율을 높이고, 산소 소모를 증가시키며, 탄수화물, 지방, 단백질 대사를 촉진하고, 심장 운동과 위장관 운동 등을 자극합니다.

태아의 뇌 발달과 소아의 성장에도 중요한 역할을 합니다.

갑상샘 호르몬 분비는 시상하부-뇌하수체-갑상샘의 축을 따라 작용하는 음성 되먹임에 의해 조절됩니다.

갑상샘은 내가 머리로 이해하는 것과 가슴으로 받아들이는 것 사이에 갈등이 심할 때와 몸을 혹사해서 피로가 누적될 때에 영향을 많이 받습니다.

깨어 있는 마음으로 호흡에 집중하며, 나의 갑상샘에 말 걸어봅니다. 따뜻한 사랑의 마음을 담아 나의 갑상샘에 말 걸어봅니다. 세상일이 다 내 맘과 같이 안 될 때, 내가 한 발짝 뒤로 물러나 나의 마음을 객관적으로 바라봅니다.

내 생각대로, 내 계획대로, 내 마음대로 무언가가 풀리지 않아 힘이 든다면, 진실한 마음을 담아 나 자신을 내가 더 힘들게 하지 않도록 욕심을 내려놓고 지금 이대로……. 갑상샘에 충분한 사랑의 빛을 쐬어줍니다. 가슴속의 억누르고 있는 말이 있다면, 알아차려줍니다. 나 자신에게 담담하게 말 걸어줍니다. 일부러 소리를 내어 내가 좋아하는 만트라를 불러도 좋습니다.

나의 목소리가 소리를 낼 수 있도록 도와주고 보살펴줍니다. 내가 나를 사랑하는 따뜻한 마음이 내 몸 안의 세포와 호르몬의 모든 균형을 회복합니다.

갑상샘에 말 걸어줍니다. 나를 위해 많은 일을 해줘서 고맙다고 말 걸어줍니다. 언제 어디서고 가장 먼저 나의 말을 들어줄 단 한 사람…….

바로 나 자신입니다.

나 자신에게 따뜻한 사랑의 말 걸어봅니다.

제6 차크라
뇌하수체를 자극하여 자연치유력이 깨어나는 나애 명상

편안한 자세로 앉습니다. 양쪽 엉덩이뼈를 바닥에 내려놓고 척추를 반듯하게 뻗습니다. 얼굴과 턱, 목, 어깨의 긴장을 편안하게 내려놓습니다. 의식을 양미간 사이로 가져옵니다. '아주나 차크라'라고 불리는 이 곳을 제3의 눈이라고 합니다.

눈을 감고, 마음의 눈으로 가슴과 아랫배, 등과 허리, 골반과 허벅지, 무릎과 종아리, 발목과 발가락 하나하나를 이완해봅니다.

편안하게 호흡에 집중합니다.

숨이 나가고, 숨이 들어옵니다.

숨이 나가고, 숨이 들어옵니다.

양미간 사이 깊숙한 곳으로 의식을 확장하면서 나의 뇌의 깊숙한 곳까지 연결합니다.

나의 뇌는 1.5kg의 무게를 가지고 있지만, 심장에서 나오는 혈액량의 20%를 공급받고, 약 천억 개의 신경세포인 뉴런이 생명을 유지하는 중요한 역할을 합니다.

근육, 심장, 소화기관과 모든 기관의 기능을 조절하고, 생각, 기억, 상상하는 등의 복잡한 정신 활동을 관장합니다.

두개골 안에 대뇌, 소뇌, 뇌간, 간뇌로 이루어져 있습니다.

나의 대뇌는 앞쪽의 전두엽(신피질)에서 생각하고 말하고 창조하는 인간 고유의 두뇌활동이 이루어지며, 두정엽은 감각중추를 인지하고 운동 명령을 내리고, 후두엽은 판단하고 보고, 측두엽은 기억하고 소리를 듣고 미각을 느끼는 역할을 합니다.

소뇌는 중추신경계 일부로 대뇌의 뒤쪽 아랫부분에 위치하며 균형 유지, 조화롭고 정밀한 운동이 가능하도록 해줍니다.

뇌간은 의식, 호흡, 체온조절, 혈압조절 등 생명 유지를 위한 기능을 수행하고 수면과 각성의 리듬을 유지하는 주요한 역할을 합니다.

자율신경계의 최고 중추부라 불리는 시상하부로 구성된 간뇌는 생명의 중추로 먹고, 자는 등 본능적 욕구를 충족시키는데, 작은 타원형 모양의 시상하부는 4g의 작은 크기에 불과하지만, 자율신경의 중추가 모여 있어 생명과 직결됩니다.

뇌하수체에 근접해 있어 우리 몸의 모든 호르몬 대사를 관장합니다.

뇌하수체는 세로토닌의 분비를 담당하는 곳이며, 인간의 정서적 건강을 위한 중요한 요소입니다.

현대사회는 검색하고 비교하고 판단하며 끊임없는 긴장을 요구합니다. 몸과 마음은 따로 떼려야 뗄 수 없기에 스트레스를 받으면, 동물적 감정중추인 변연계가 섭식, 만복중추, 성욕, 공격, 체온, 수분, 혈압, 맥박, 호르몬 등에 반응하며, 우리 몸의 대부분 자율신경체계의 난조에 빠지게 되며, 호르몬 체계와 면역체계가 약화됩니다.

나를 사랑하는 마음은 본능적인 나의 뇌간을 자극하며 몸의 호흡과 소화, 순환계 및 생식계 등 기본적인 생명 기능을 회복시킵니다.

나를 사랑하는 마음은 자율신경체계의 흐름을 회복하고 생명체계의 모든 흐름을 회복시킵니다.

나를 사랑하는 마음을 담아 뇌를 감싸고 있는 뇌세포 하나하나에 천천히 숨을 불어넣어줍니다.

호흡을 의식적으로 천천히 불어넣어, 외부로 향했던 의식이 내면으로 향하고, 자신의 육체와 정신이 하나가 되며, 마음과 감각을 지배하며, 삶의 다양한 양극성 때문에 혼란스러울 때도, 문제의 숨은 뜻을 알 수 있는 지혜와 직관이 깨어납니다.

숨이 나가고, 숨이 들어옵니다.

그저 관찰자가 되어 바라봅니다. 깨어 있는 마음으로 내 머릿속에서 떠오르는 모든 것들을 있는 그대로 바라봅니다.

습관적인 생각, 감정, 기억……. 이러한 모든 것들이 과거에 내가 경험했던 것들을 꽉 붙잡고 놓지 못하고 있는 나의 내면의 실체임을 바라봅니다. 물고기가 헤엄치며 물속에 있는 것을 모르듯이, 우리의 의식도 흘러가 버린 과거를 붙잡고 나 스스로가 판단하며 괴롭히고 있음을 관찰해봅니다. 마음의 눈을 깨워 그러한 나 자신을 바라봅니다.

내 삶의 모든 문제가 외부가 아닌 내 내면에서 일어나는 것임을 자각해봅니다. 깨어 있는 마음으로 나 자신을 바라보며, 밝은 빛으로 미간 한가운데를 비추어줍니다.

그 빛이 나를 감쌀 때, 마음의 부정적인 에너지가 사라지고, 저항하고 반응하던 마음이 사라지며, 온전히 받아들이게 됩니다. 온전히 지금, 이 순간에 머물며 이제까지 살아오면서 느꼈던 고통과 두려움과 죄의식이 사라지고, 나 자신이 빛과 같은 존재임을 느껴봅니다.

나 자신을 인정하지 못한 것을 느껴봅니다.
나 자신을 이해하지 못한 것을 느껴봅니다.
나 자신을 존중하지 못한 것을 느껴봅니다.
나 자신을 사랑하지 않은 것을 느껴봅니다.
나 자신을 용서하지 않은 것을 느껴봅니다.

나의 뇌 속에 뿌리 깊게 박혀 있던 나를 향한 부정적 감정의 상처들을 씻어내고, 억압받고 눌려 있던 나 자신을 향한 죄의식도 다 함께 씻어냅니다.

눈물이 흐르면 흐르도록 허용합니다.

내 마음의 아픔을 씻어낼 수 있도록, 마음의 눈으로 나 자신을 치유하

고 무거운 마음의 짐들을 내려놓아줍니다.

우주의 텅 빈 공간과 함께, 그 공간 속에서 그냥 빛의 존재로 그대로 존재합니다.

빛과 함께 하나가 되어 내 안에 본성인 사랑이 깨어납니다.

그 사랑의 빛으로 생명의 샘인 뇌하수체를 밝게 비추어줍니다.

깨어 있는 마음으로 호흡합니다.

나를 사랑하는 사랑의 마음이 내 뇌세포 하나하나에 전해지며, 세포 하나하나가 깨어나며 몸속의 모든 호르몬의 분비가 회복되며, 자연치유력이 깨어납니다.

나의 몸속에 보이지 않는 모든 부분을 마음의 눈으로 느껴봅니다.

빛이 깨어나고, 내 안의 사랑이 깨어납니다.

빛이 깨어나고, 내 안의 지혜가 깨어납니다.

빛이 깨어나고, 내 안의 직관력이 깨어납니다.

빛이 깨어나고, 내 안의 모든 것들이 치유되고 회복됩니다.

사랑의 빛이 깨어나고, 나의 삶이 깨어납니다.

제7 차크라
내 안의 무한성을 깨우는 나애 명상

편안한 자세로 앉습니다. 양쪽 엉덩이뼈를 바닥에 내려놓고 척추를 반듯하게 뻗습니다. 눈을 감고 얼굴에 미소를 띠며, 턱, 목, 어깨의 긴장을 편하게 내려놓습니다. 마음의 눈으로 가슴과 아랫배, 등과 허리, 골반과 허벅지, 무릎과 종아리, 발목과 발가락 하나하나의 긴장을 내려놓습니다.

편안하게 호흡에 집중합니다.

숨이 나가고, 숨이 들어옵니다.

숨이 나가고, 숨이 들어옵니다.

나의 의식을 일곱 번째 차크라가 위치한 정수리로 가져갑니다.

보랏빛의 영롱한 빛이 내 머리 위에서 나를 비추며, 무한한 우주의 에너지가 내 영혼을 감싸고 있음을 느껴봅니다.

따뜻하고 밝은 보랏빛 에너지가 나의 몸 구석구석을 비추며, 나의 뇌를 비추며, 신경체계, 골격체계, 순환체계 등 모든 신체의 주요한 체계를 지배합니다.

일곱 번째 차크라는 송과선에 위치하며 영혼의 자리이고, 우주 의식과 합일을 이루는 자리입니다. 나 자신의 호흡과 우주의 무한성의 에너지 빛을 느끼며, 의식을 첫 번째 차크라로 가져갑니다. 이 빛은 어떠한 상처나 불치의 질병도 치유할 수 있는 강력한 치유력과 면역력을 지니고 있습니다.

회음혈에 의식을 집중하며 밝은 빛으로 비추어줍니다. 발가락 하나하나에서 발목, 종아리, 무릎, 허벅지, 넓적다리관절, 양쪽 엉덩이뼈에 이르기까지 밝은 보랏빛 치유의 빛을 쐬어줍니다.

이 빛이 나의 체온으로 녹아들며, 막혀 있고, 정체된 모든 혈액의 흐름을 회복시키는 것을 느껴봅니다. 성 호르몬의 기능이 회복됩니다.

이제 의식을 두 번째 차크라로 가져가 밝은 보랏빛 치유 에너지를 생식기에 비춰줍니다. 따뜻한 사랑의 빛에너지가 자궁, 난자, 난소, 고환의 흐름을 깨우며, 호르몬 체계의 모든 기능이 깨어나며 회복합니다. 에스트로젠, 프로제스테론 같은 성호르몬의 기능이 회복됩니다.

세 번째 차크라인 아랫배에 의식을 집중하며, 대장, 소장, 간, 담, 비장, 췌장에 따뜻하고 강력한 빛을 비추며 몸 안에 내재하여 있던 모든 병독을 제거하고 완벽하게 치유합니다. 인슐린 호르몬의 분비를 회복시켜줍니다.

네 번째 차크라에 의식을 가져와 가슴과 가슴 사이에 의식을 집중하고 심장의 따뜻함을 느껴봅니다. 나를 사랑하는 따뜻한 마음의 빛이 우주 중심의 힘과 연결되어, 내 삶에 막혀 있는 모든 것을 연결하고, 내 삶이 흐르도록 이끌어주며, 자신에 대한 믿음과 삶에 대한 믿음으로 나아가도록 합니다. 흉선 호르몬의 기능이 회복됩니다.

이제 다섯 번째 차크라에 의식을 집중해주며, 목 부분을 느껴봅니다.

내 삶에서 일어나는 모든 일에 깨어 있으며, 온전히 수용하고 받아들입니다. 지금, 이 순간 나 자신을 온전히 사랑하고 받아들일 때, 내 몸과 마음이 가벼워지며 머릿속의 복잡했던 모든 것들이 단순해집니다. 갑상샘 호르몬의 기능이 회복되며, 항상 불편했던 목이 가벼워짐을 느껴봅니다.

여섯 번째 차크라에 의식을 집중해주며 양미간 제3의 눈에 의식을 집중합니다. 미묘한 광채를 뿜는 제3의 눈에서 우주의 확장된 공간을 느껴주며, 내 몸 전체가 확장됨을 느껴봅니다. 밝은 보랏빛 치유의 빛이 내 머리를 밝게 비추며 내 온몸을 비추어줍니다.

뇌하수체를 깊게 자극하여 몸속의 모든 기능이 깨어나고 일곱 번째 차크라와 연결된 송과선까지 자극하며 연결됩니다. 내 머리 위에서 보랏빛 밝은 빛이 나의 몸 전체를 감싸고 온몸이 부드러운 빛으로 투영됨을 느낍니다. 신성한 우주 에너지가 나의 온몸을 감싸고 나 자신이 아름답게 빛을 내고 있습니다. 보랏빛 밝은 에너지가 나를 감싸며 내 피부가 윤택해지고 맑게 빛납니다.

모든 장기가 완전히 치유되고 몸과 마음이 조화를 이루어 정화된 느낌을 만끽합니다. 척추의 맨 하단에서부터 시작하여 정수리 일곱 번째 차크라까지 빛의 파장을 느낍니다. 에너지의 흐름이 균형을 이루며 정신적, 육체적 건강을 회복합니다.

나는 나를 사랑합니다.

나는 내가 행복한 삶을 살기를 바랍니다.

내 주변 모든 이가 행복하기를 바랍니다.

나를 사랑하는 따뜻한 마음의 빛이 내 삶의 어둠을 걷고 밝은 빛을 비추어줍니다. 나를 사랑하는 따뜻한 마음이 내 삶을 치유하고 회복합니다. 내가 나를 온전히 사랑하며 내 삶에 일어나는 모든 일에 깨어 있습니다.

사랑으로 깨어 있습니다.

사랑의 힘으로 나아갑니다.

세포 하나하나를
깨우는 명상

"마음이 어디에 있나요?" 누군가 물었습니다. "마음은 뇌에 있어요." 누군가 답했습니다. 그래서 뇌를 해부했더니, 뇌엔 마음이 없었습니다.

"마음이 어디에 있나요?" 다시 물었습니다. "마음은 심장에 있어요." 누군가 답했습니다. 그래서 심장을 해부했더니, 심장엔 마음이 없었습니다.

"마음이 어디에 있나요?" 누군가가 저에게 묻는다면, "마음은 우리의 세포 하나하나 사이에 있어요."라고 말하고 싶습니다.

우리의 세포 하나하나 사이에 내 마음이 있어서, 내 감정을 내 몸에 그대로 전달해준다고 믿습니다. 그래서 내 마음이 기쁨에 차 있으면 온몸의 세포가 반짝반짝 빛을 내고, 근육과 피부에도 빛과 탄성을 주고, 내 마음이 슬픔에 차 있을 때는 내 눈빛과 근육이 힘을 잃어 빛을 잃어버립니다.

내 마음에 어떠한 감정을 넣고 있는가가 내 삶의 에너지를 결정합니다. 내가 어떠한 에너지를 끌어당기고 있는지 바라봅니다. 지금 사랑, 행복, 믿음, 연민, 자비, 인내, 평화, 용기, 함께 기뻐할 수 있는 큰 기쁨이 내 안에 내재하여 있는 것을 온몸으로 느껴봅니다.

이러한 긍정의 에너지가 우리들의 본성입니다.

내 안의 순수의식이 이렇게 사랑의 에너지로 깨어 있을 때 내 몸과 마음, 영혼이 하나가 되어 불안정한 모든 것들을 회복시킵니다.

내 깊은 사랑의 마음을 담아 호흡하면, 생명력을 잃어버린 세포 하나하나가 깨어나고 신경계의 모든 흐름을 회복시켜 치유력이 깨어납니다.

내가 나에게 호흡으로 말 걸어봅니다.

뿌리 에너지를 깨우며 면역력이 좋아지는 명상

등을 대고 편하게 눕습니다. 머리와 어깨에 힘을 빼고 등과 골반의 힘심도 뺍니다. 손을 아랫배에 올려놓고 눈은 편하게 감아 의식을 호흡에 집중합니다. 숨을 코로 자연스럽게 내쉽니다.

자연스럽게 숨이 들어오고 숨을 내쉽니다. 이렇게 숨을 내쉬며 몸이 편안해짐을 느껴봅니다. 숨을 내쉴 때 아랫배가 당겨지고 숨을 마실 때 배가 가볍게 올라옴을 느낍니다. 천천히 숨을 내쉬고, 천천히 숨을 마십니다.

오늘도 내가 긴장하며 일을 할 때, 내 몸은 나에게 말 걸어주었습니다. 목이 마르니 잠깐 물을 마시며 쉬라고……. 내가 더 긴장하자, 내 몸은 나에게 다시 말 걸어주었습니다. 화장실에 가고 싶다고…….

교감 신경의 균형이 깨지려고 하면, 내 몸은 이렇게 자율신경의 균형을 잡기 위해 나에게 갈증을 느끼게 하여 물을 마시게 하고 위장을 움직여 부교감 신경을 자극하게 해주었습니다.

내 몸은 알고 있습니다. 균형이 깨졌다고 느꼈을 때, 가장 필요한 것이 무엇인지를…….

머리가 아니라 가슴으로 느낍니다. 가슴에서 의식을 아랫배로 가져옵니다. 우리 몸은 스스로를 치유할 수 있는 능력을 갖추고 있습니다. 내가 나에게 감사와 사랑을 보낼 때 내 생명 에너지가 흘러넘치게 됩니다.

내가 마음으로 사랑을 담아 호흡을 불어넣어주면, 머리로만 올라와 있던 에너지의 흐름을 뿌리 에너지로 전환해 복잡한 머리가 가벼워지고, 마음의 안정감까지 찾게 됩니다.

눈을 감고 호흡하면, 눈의 피로와 집중력까지 길러집니다. 하루를 시작할 때, 너무 긴장되어 집중력이 떨어졌을 때, 하루를 마감할 때 이렇게 호흡에 집중하면 에너지의 고갈을 막고, 에너지가 충전되는 것을 온몸으로 느끼게 됩니다.

복식호흡이 익숙해지면, 이제 이 호흡에 나를 사랑하는 마음을 담아봅니다. 내쉬는 호흡에 근심, 걱정, 불안, 분노를 밖으로 내보내고, 마시는 호흡에 세포 하나하나에 사랑을 담아 생기를 불어넣어줍니다.

숨이 나가고, 숨이 들어옵니다. 깨어 있는 마음으로 호흡에 집중해봅니다. 우리의 몸은 이미 알고 있습니다.

아랫배 깊숙이 숨을 불어넣어줍니다. 내가 마음과 몸에 귀 기울일 때 마음의 소리, 몸의 소리를 들을 수 있습니다.

내 몸과 마음을 호흡으로 연결합니다.

내 몸과 마음을 치유합니다.

PART 3

몸은 나의 집이다

1. 나는 자연이다

자연은 대우주이고 인간은 소우주라고 합니다. 그래서 우리도 자연이라고 합니다.

자연은 산맥을 따라 강이 흐르고, 생명의 젖줄이 되고, 우리의 몸은 척추라는 산맥을 따라 에너지가 흐릅니다. 흙의 움직임에 따라 바위가 움직이고, 지형이 변화되듯이, 우리의 척추도 뼈 때문이 아니라, 근육 때문에 변형이 옵니다.

근육은 속에 있는 동맥, 신경, 인대에 영향을 받고, 이러한 신경은 호흡에 영향을 받고, 호흡은 마음에 의해서 결정됩니다.

마음이 불안정하면 호흡은 거칠고 짧고, 마음이 안정적이면 호흡의 깊이도 길고 편안합니다. 의식적으로 호흡을 천천히 하면서 내 몸과 우주의 에너지를 호흡과 연결합니다. 몸과 마음을 호흡으로 연결하며 우주에 물결치는 생명 에너지를 호흡으로 받아들입니다.

그 호흡에 나를 사랑하는 사랑의 마음을 담습니다.

그 호흡에 나를 온전히 이해하는 마음을 담아봅니다.

숨이 코로 나가고 들어옵니다. 숨이 코로 나가고 들어옵니다.

숨이 코로 나가고 들어옵니다. 숨이 코로 나가고 들어옵니다.

숨이 코로 나가고 들어옵니다. 숨이 코로 나가고 들어옵니다.

숨이 코로 나가고 들어옵니다. 숨이 코로 나가고 들어옵니다.

아랫배 깊숙이 호흡하면서 어깨와 목의 긴장을 풀고 숨을 불어넣습니다. 호흡에 집중하고 그냥 존재합니다. 내 삶에 부여된 안정감과 평온감을 온전히 느껴봅니다.

몸은 나의 집입니다.

나의 영혼이 머무는 집입니다.

우리의 마음은 너무 바빠, 항상 밖으로만 헤매고 다닙니다.

이제 지친 내 마음에 휴식을 줍니다.

충전의 시간을 줍니다.

이제 지친 나의 영혼에 휴식을 줍니다.

몸, 마음, 영혼이

휴식을 취해야

진짜 휴식입니다.

그냥 쉽니다.

몸은 나의 집입니다.

내 영혼의 집입니다.

내 집으로 돌아오는 가장 빠른 길은 호흡을 느끼는 겁니다.

내가 온전히 호흡과 하나 되며,

몸과 마음을 연결합니다.

내 몸과 마음을

내 몸과 영혼을

호흡이 연결합니다.

지금 행복합니다.

내가 좋은 대학, 남들이 부러워하는 직장, 더 큰 집, 멋진 차, 더 많은 물질과 경쟁……. 통장에 더 많은 금액이 불어나도 나의 내면의 공허함은 무엇으로 채울 수 없습니다. 우리의 허전함과 외로움을 달래줄 수 있는 것은 마음의 평화입니다.

내가 행복하지 못한 것이 외부의 원인이라고 생각하는 나의 마음이 나의 행복을 깨닫지 못하게 합니다. 내가 사랑받고 있지 못하다는 나의 마음이 나의 행복을 느낄 수 없게 합니다. 나의 행복은 외부에, 어떠한 조건이 완벽히 갖추었을 때 오는 것이 아닙니다.

우리는 무언가가 완벽하게 갖추어지면, 또 다른 문제를 찾게 될 것입니다.

이제 잠깐 멈추어 반복하고 있는 내 마음의 습관을 바라봅니다. 내가 지금, 이 순간 행복을 느끼지 못한다면, 우리는 어디에서도 행복을 느낄 수 없습니다. 외부가 아닌 내면의 사랑의 빛이 뿜어져 나와 스스로를 사랑할 수 있어야 합니다.

온전히 내 호흡과 하나 되어 지금, 이 순간에 있을 수 있다면, 너무나 많은 행복이 우리 주변을 감싸고 있음을 알게 됩니다.

내 앞에 펼쳐진 이 순간이 행복임을…….

산다는 것은 내가 살아가는 것에 마음을 여는 것입니다.

살아간다는 것은 점점 더 죽음과 가까워지는 것입니다.

삶에 초점을 둘 건지, 죽음에 초점을 둘 것인지 마음이 합니다.

삶이 고가 아니라 마음이 고통을 만들어냅니다.

나의 이야기

2.

첫 번째 이야기
그냥 살자!

환갑이라는 젊은 나이에 뇌출혈로 쓰러진 엄마가 식물인간이 되고, 잘 나가던 남편의 사업이 갑작스레 부도를 맞고, 삼십 대 초반에 나의 삶은 내가 원하지 않는 방향으로만 향해 가고 있었다.

모든 것을 잃었다고 생각했을 때 내가 할 수 있는 일은 아무것도 없었고, 햇빛의 밝음이 싫어 어둡게 커튼을 치고, 침대에 꼼짝없이 몇 개월 동안 밖에 나가지 않고 누워만 있었다.

그런 나를 위해 집으로 찾아온 친구와 동네 뒷산에 올라갔는데, 거기서 뛰어내리고 싶은 강한 충동을 느꼈다.

그런 생각이 들자, 다리에서 힘이 빠지고 주저앉아버렸다.

너무 놀라 집으로 돌아와 얼마나 울었는지…….

울다 지쳐 잠들어 있는 나를 깨운 건 서울에 사는 작은 언니의 전화 목소리였다.

"언니, 내가 죽으면 모든 게 끝이라는 생각을 했어……. 그런데 더 무서운 건 나한테는 뛰어내릴 용기도 없다는 거야. 나는 이 현실을 받아들이기 싫고, 모든 게 싫어서 다 놓고 싶은데 내게 그럴 용기도 없다는 게 더 싫어."

이렇게 말하며 전화통을 붙잡고 한참을 울었다.

"그렇게 힘들면 나에게로 와."

언니의 말 한마디에 나는 그냥 옷을 입고 서울로 올라왔다.

서울에 올라와 만난 언니는 내게 말했다.

"괜찮아, 돈 없어도 살 수 있어. 이제까지 네가 누린 모든 것을 못 누리는 것뿐이지, 살 수 있어. 네가 김밥을 말면 언니가 가지고 나가 팔아줄

게. 걱정하지 말고 살아보자. 우리 그냥 살자.”

이 한마디에 지금의 내가 있다. 내가 힘들 때, 손 내밀어주고 따뜻하게 위로해준 언니의 말 한마디……. 그 한마디에 꽁꽁 얼어붙은 내 마음이 열려 삶에 대해서 다시 생각하는 계기가 되었다.

삶의 고통 속에서 몸부림칠 때 누군가 진심 어린 따뜻한 사랑의 말 한마디를 건네준다면, 우리는 다시 살아갈 희망을 갖게 되고 살 수 있다.

그마저도 없다면, 누군가에게 듣고 싶은 위로의 말을 내 스스로가 나에게 해주자. 힘들고 지친 나에게 내가 격려와 위로를 따뜻한 사랑의 마음을 담아 전해주자.

두 번째 이야기
8평 남짓한 샌드위치 가게

요가 명상을 시작하기 전, 나는 내가 유일하게 잘 할 수 있는 일이 커피와 샌드위치를 파는 일이라 생각했다.

아주 짧은 시간 준비를 해서 가게를 오픈하고 서울로 이사를 왔다.

돈이 없어서 남편과 경동시장, 방산시장을 돌아다니며 직접 가게 인테리어를 하고, 주방기기는 물론 필요한 모든 것을 발품 팔아 준비해 시작했다.

아침 7시부터 저녁 9시까지 샌드위치와 커피를 파는 일은 무척 힘들었다.

하루 종일 서서 재료를 준비하고 만들고, 정리하고…….

혼자 그 모든 일을 하면서 내 몸은 점점 망가지고 부어갔다.

샌드위치 가게 1년 만에 8kg 살이 쪘고, 가장 심각한 건 몸이 땡땡 부어서 잠을 자기 힘들 정도였다. 몸이 힘드니 느는 건 남편에 대한 원망과 미움, 분노뿐이었다.

서울에 올라와 새롭게 적응하고 있는 아이들에게도 더 많은 관심과 사랑이 필요했는데, 나는 나 자신도 사랑할 여유가 없어, 겨우 살아내고 있었다.

그때의 나를 생각하면, 화, 분노, 짜증이라는 단어밖에 떠오르지 않는다.

항상 무언가에 화가 나 있는 사람, 샌드위치 가게에서는 손님들 때문에 소리를 지를 수 없으니 집에 오면 아이들에게 소리를 지르고, 짜증만 냈던 것 같다. 초등학교 5학년, 2학년이었던 두 아들이 받았을 상처를 생각하면 지금도 가슴이 아프다.

1년이 넘는 동안 샌드위치를 팔면서, 나의 마음은 지치고 몸은 부을 대로 부어서 건강을 위해서 무언가를 해야만 하는 상황이 되었다.

몸이 망가지자 삶에 대한 자신감을 잃었고, 스스로가 어찌할 수 없는 불행한 삶을 계속 살게 될까 봐 더 두렵고, 그 불안감이 나를 더 힘들게 했다.

그렇게 정신과 육체가 다 무너졌다고 느꼈을 때, 퉁퉁 부은 내 몸을 회복하고 싶어서 요가 명상을 하러 나가게 되었다.

내가 힘들고 지쳐 있을 때, 나 자신을 일으켜줄 사람은 나다.

힘들다고 포기해버리면 그 누구도 나를 일으켜줄 수 없다.

내 안에 나의 삶을, 나 자신을 놓고 싶지 않았던 큰마음이 지쳐 있던 나를 이끌었다.

치유의 길로……. 몸이 힘들다면, 마음이 몸에 말 걸어준다.

마음이 힘들다면, 몸을 움직여 말 걸어주자. 몸과 마음은 하나니까…….

지금 나 자신의 내면의 소리에 집중해보자.

세 번째 이야기
나를 놓지 않기 위한 몸부림

어느 날, 풍선처럼 부어가는 무거운 몸이 힘들어 샌드위치 가게 바로 앞, 체육 센터 새벽 요가 명상 수업을 신청했다.

어렵게 시작한 새벽 요가 수련시간에 강사님께서 호흡만을 바라보라고 하셨다.

새벽 6시에 일어나서 무거운 몸을 이끌고 나온 사람들에게 계속 호흡만을 바라보라고 하시니…….

2주째가 되자, 다른 수강생들도 힘들었는지 정원이 스무 명이었던 클래스에 세 명만 남게 되었다.

그때의 나는 몸과 마음이 너무 무겁고, 과부하가 된 상태라 좌선 자체도 힘들었는데, 강사님께서 겨우 잠이 깨서 나온 사람들에게 계속 호흡만을 바라보라고 하시니, 앉아 있다가 졸다가를 반복했던 것 같다.

나는 두 아들을 출산하고 어깨 통증을 하타 요가 명상을 통해서 회복한 경험이 있어서 움직임이 있는 요가 명상을 찾았었는데, 너무 다른 스타일의 요가 명상을 접하고 많이 놀랐었다.

나는 조금 더 나에게 맞는 움직이는 요가를 찾았고, 지금의 내가 하타 요가를 하게 된 계기가 되었다.

처음 요가 지도자의 길을 가고 싶어 찾아간 스승님께 드린 질문이,

"삶이 힘들고, 나이 많고, 살찐 아줌마인 제가 요가 강사가 될 수 있을까요?"

였다.

"삶의 굴곡이 많으면 많을수록, 나이가 많으면 많을수록 요가 명상을 가르치기에 좋습니다. 삶의 경험이 많아야 다른 사람의 아픈 몸과 마음

을 더 깊게 이해해줄 수 있습니다."

이러한 스승님의 말에, 삼십 대 초반 요가 지도자의 길로 접어들게 되었다.

요가 수련 시간의 가장 마지막에 사바아사나(이완 자세)에서 스승님이 던진 세 가지 질문을, 지금까지도 내가 만난 회원들에게 꼭 건넨다.

"지금 행복합니까?"

"지금 당신의 삶에서 가장 중요한 것은 무엇입니까?"

"지금 무엇을 놓지 못하고 꽉 붙잡고 있습니까?"

부도난 돈을 놓지 못하고, 날아간 집을 놓지 못하고 있는 내가 거기에 누워 있었다.

너무 오랜 시간 모든 것을 잃고 헤매고 있는 내가 허공에서 돈을 꽉 붙잡고 놓지 못하고 있었다.

나는 지금 여기에 누워 있지만 내 머릿속은 온통 돈, 돈, 돈…….

나는 지금 여기에 누워 있지만 넓은 아파트와 내가 그동안 누리고 살았던 명품들이 즐비하게 내 가슴 안에서 그대로 남아 있었고, 눈을 감으면 푸른 잔디밭에서 골프를 치며 웃고 있는 내가 거기에 행복한 모습으로 서 있었다.

잃어버린 재산만을 내 몸속 모든 세포가 붙잡고 있었다.

그 모든 것을 잃게 만든 장본인이 남편이기에 내 안에는 남편에 대한 분노와 원망이 가득 쌓여 있었다.

"지금 행복합니까?"

"당신이 생각하는 행복은 무엇입니까?"

이 질문에 '행복은 우리 아이들이 건강하고 행복하게 자라는 것과 우리 가족이 행복하게 사는 것인데…….' 하는 생각이 머리에 스치자 눈에서 하염없이 눈물이 흘러내리기 시작했다.

두 아들의 얼굴이 떠오르면서 내가 아이들에게 무슨 짓을 하고 있는지……. 온갖 짜증을 내며 피곤하다는 말밖에 안 하는 엄마가 내 모습인 것을…….

내 가슴속의 분노와 원망의 감정, 입으로 내뱉는 독이 나를 이렇게 망가뜨리고 내 삶을 무너뜨리고 있다는 것을 깨닫게 되었다.

우리 가족이 무너진 것은 돈 때문이 아니라, 그 돈을 붙잡고 있는 '나' 때문이라는 생각이 머리를 세게 때렸다.

내가 생각하는 행복은 우리 아이들을 행복하게 잘 키우는 거야.

그래, 이제부터 없는 돈을 붙잡지 말고, 내가 돈을 벌면서 살아보자, 그리고 남편에게도 요가 수련을 하게 해서 상처받은 몸과 마음을 치유하게 하자.

이제 내 가정을 잘 지키는 진짜 엄마가 되어보자.

살면서 처음으로 내 삶의 주인이 된 느낌을 갖게 되었다. 내 가슴속에서부터.

이러한 깨달음으로 나는 한 발짝 삶의 주인이 되는 길로 다가가고 있었다.

네 번째 이야기
요가의 성지, 리시케시Rishikesh

요가 지도자 자격증을 취득한 나는 인도 전통 요가가 궁금하여 비틀스가 방문하여 전 세계적으로 유명해진, 요가의 성지로 불리는 리시케시로 향했다.

영어도 못 하고 해외여행의 경험이 없기에 인도 유학원을 통해서 리시케시에 도착했는데, 도착한 첫날 니케탄 호텔에서의 충격은 인도라는 나라를 적나라하게 보여주었다.

델리에서 아침 일찍 출발해 한낮에 도착한 나는 리시케시를 구경하고 싶어 호텔 창문을 열고 밖을 내다보았다.

그때 바로 옆 건물, 어떤 인도 남자가 창문에 대고 자위행위를 하며 보란 듯이 웃고 있었다. 너무 놀란 심장은 터질 듯이 뛰고, 더운 날씨 때문에 머리까지 터질 듯 아파왔다. 이 성스러운 요가 성지에 저런 변태가 있다니…….

'내가 왜 이런 무서운 나라에 왔을까?'로부터 내 머리는 빨리 집으로 돌아가고 싶은 마음, 가이드가 델리로 떠나고 나면 혼자 남아서 어떻게 지내야 하나, 하는 걱정으로 요동을 치고 있었다.

호텔 베란다로 나와 1층 잔디밭을 바라보니, 인도 가족들이 아이들과 평화롭게 공놀이를 하고 있었다. 그 평화로운 모습에 안정을 찾은 후, 침대에 앉아 호흡에 집중했다.

저 변태 남자는 나에게 아무런 짓도 하지 않았어. 나는 그냥 그 모습에서 이상한 일이 벌어질지 모른다고 생각하며 상상 속에서 더 끔찍한 일을 만들어내고 있을 뿐이야. 아무 일도 일어나지 않아. 네가 왜 리시케시에 왔는지, 정확히 바라봐.

너의 꿈인 인도 전통 요가를 배우고 싶어서 왔잖아.

숨을 내쉬고 마시고 천천히 깊게 고르게 가늘게, 의식적으로 호흡을 깊게 하자 불안정한 마음의 소리가 잦아들고 내 안의 중심을 잡고 안정감을 되찾게 되었다.

아무 일도 일어나지 않아.

그리고 왜 신이 나에게 저러한 것들을 먼저 보게 했는지, 여기에서 내가 알아야 할 지혜가 무엇일지 알아차리게 되었다.

"아, 인도라는 나라가 위험하니 조심하라는 신의 뜻이 담겨 있구나."

순간 아팠던 머리가 편안해졌다.

요가 명상을 하면서, 순간마다 일어나는 일들 속에서 내가 깨어 있는 마음으로 바라볼 힘을 조금씩 갖게 된 것이 느껴졌다.

내 안에 힘이 있다는 것을 느낄 수 있었다.

그리고 내가 집중할 것에 의식을 모아야 한다는 것을…….

내가 여기에 온 이유에…….

인도에선 정전이 잘되어 갑자기 아무것도 보이지 않을 때가 많으니, 내가 조심해야 할 일들을 정했다.

새벽 요가 수련을 할 때도 조심하고, 저녁 요가 수련하러 갈 때도 방심하지 않기. 되도록 환할 때 모든 일정을 소화하고 숙소로 돌아오기 등.

낯선 곳을 탐험하는 것도 좋지만 나 혼자일 때는 더욱 내 안전을 우선으로 생활해야 한다는 것을 다시 한 번 새겼다.

외부에서 발생하는 많은 일이 나의 내부에 어떠한 영향을 미칠 수 있는가는 내가 그 일들을 어떻게 받아들이느냐에 따라 달라진다.

어떠한 일을 받아들이는 힘이 내 안에 있다는 것을 알게 된다면 살면서 일어나는 문제를 그대로 바라보는 힘을 갖게 된다.

왜곡하지 않고 있는 그대로…….

다섯 번째 이야기
인도의 스승

인도 현지 가이드와 나는 리시케시의 여러 요가 아쉬람을 직접 방문했다. 나에게 필요한 요가 공부와 거처할 곳을 내가 직접 선택하길 원했다.

나는 안전과 전통을 중요하게 생각했다.

여러 아쉬람을 둘러봤는데, 어떤 곳에선 눈동자가 다 풀린 사람들이 앉아 있어서 현지 가이드도 빨리 나가자고 나를 재촉하기도 했다.

그래서 찾은 것이 7세 때부터 시바난다 아쉬람에서 생활한 '프라모드'라는 요기(요가 수련자)였다.

프라모드의 부모님은 시바난다 아쉬람에서 평생을 봉사하시고 프라모드는 7세부터 요가를 배우고 스승님들과 외국을 다녀서 인도식의 영어 발음이 아닌 더 부드러운 영어 발음을 구사하고 매우 키가 크고 인자한 젊은 분이었다.

정수기가 있는 이층집에 음악을 전공하는 여동생과 함께 살고 있었다.

나는 그분께 요가를 배우기로 하고, 숙소는 바로 옆으로 구했다. 선생님께서는 자기 집에서 생활해도 된다고 했지만, 불편할 것 같아 다른 곳으로 정했다.

오전 5시 30분에 일어나 6시 요가 수련과 오후 6시 저녁 요가 수련이 일과다.

선생님께서는 새벽에 아몬드를 물에 불려 껍질을 까서 여섯 개 정도 먹고 오라고 하였다.

그리고 요가 아사나를 하고 난 후, '옴' 만트라를 꼭 하고 마지막 프라나야마(호흡법, Pranayama)로 마무리를 하셨다.

아침, 저녁으로 요가 수련을 하는데, 호흡이 굉장히 길고 아사나는 무척 단조로웠다. 그때의 나는 고난도의 멋진 아사나에 대한 집착이 심했다.

'이렇게 쉬운 아사나만 하면 어떡하지? 더 멋진 고난도 아사나를 배워서 멋진 요가 자세를 완성해야 하는데……. 선생님은 내가 이 정도의 아사나는 충분히 할 수 있는 사람이라는 것을 아실 텐데…….'

요가 수련을 하면서도 내 머릿속에서는 남들이 할 수 없는 고난도의 아사나 생각밖에 없었다. 그런데 계속 기본 하타 요가만을 느리게 하고 있으니 내 속은 타고 있었다. 그러던 중에 머리를 꽝 하고 때린 것처럼 깨달음이 온 날이 있었다.

'내가 호흡에 집중하지 못하고 계속 생각을 하고 있구나.'를 알아차리는 순간, 창피함에 온몸이 빨갛게 달아올랐다.

생각을 내려놓고 얼른 호흡에 집중했는데, 다음 순간 선생님께서 아사나 진도를 넘어갔다. 선생님께서는 나에게 아무 말씀도 안 하셨지만 내가 집중하지 못하고 있다는 사실을 아셨던 것이었다.

그날 이후 나는 호흡에 집중하기 시작했고, 동작의 섬세함과 내면의 평온함을 천천히 느끼고 있었다.

우리나라에서는 조금 더 요가 자세를 많이 하고 호흡도 짧고, 프라나야마도 많이 하지 않기에 매우 낯설었지만, 인도식의 전통 요가를 접하는 것도 좋을 것 같다는 생각으로 편하게 받아들였다.

선생님은 길을 가다가도 불쌍한 사람을 보면 자기 손에 있던 음료수를 전해주는 분이었다. 나는 인도에서 그런 사람을 본 적이 없어 매우 낯설었다. 항상 부드러운 말과 안정감이 몸에 배어 있어 함께 있으면 정말 좋은 에너지를 받고 있다는 느낌이 들었다. 지금 생각해도 내가 선생님을 만난 건 큰 행운이라고 생각한다.

짧은 시간이었기에 대단한 요가를 배우지도 못하고 서툰 영어로 힘들었지만, 선생님과 여동생 줄리아는 나에게 인도에 대한 너무도 좋은 추억을 안겨주었다.

무더위를 식히려고 선생님과 줄리아와 여러 명과 함께 히말라야 위쪽으로 연결된 숲속의 연못에 갔을 때는 깜짝 놀라서 말을 할 수 없었다.

리시케시 도시를 흐르고 있는 갠지스강은 완전히 흙탕물인 데 비해, 계곡의 물은 너무 맑고, 깨끗하고 차가웠다.

인도라는 나라는 밖에서 보면 거지가 많고 가난하고 더럽고 사기꾼이 많은 짜증이 많이 나는 곳이지만, 가까이 들여다보면 진실한 사람도 많고 넓은 땅에 신비스러운 모습이 가득한 천의 얼굴을 가지고 있었다.

마음이 따뜻한 사람이 있는 인도, 사기꾼이 많은 인도, 더러운 인도, 깨끗한 영혼이 많은 인도, 문화적 유산이 많은 인도, 항상 조심해야 하는 인도였지만, 그곳에서 요가 명상을 하면서 가슴이 열리고 온전한 나를 만나는 시간을 가질 수 있었다.

여섯 번째 이야기
내가 나를 사랑하게 되다

새벽 요가 명상 수련이 끝나고, 나는 리시케시 강가에 앉아 호흡만을 바라보는 명상을 하고 있었다.

아랫배에 집중하고, 숨이 나가고 숨이 들어오고…….

어느 정도의 시간이 지났는지 모르지만, 내 안의 기쁨이 넘쳐나고 나라는 존재가 축복임이 온몸으로 느껴졌다.

내가 살면서 한 번도 경험하지 못한 충만함으로 내 눈에선 눈물이 흘러내리고 있었고, 온 세상이 나와 연결되어 있다는 것을 알 수 있었다.

눈에선 계속 주체할 수 없이 눈물이 흘러내렸지만, 나는 너무 황홀함과 기쁨, 충만, 더할 나위 없는 행복감에 젖어들었다. 내 존재 자체가 축복이요, 신의 선물임을 온전히 온 맘으로 느낄 수 있었다.

그리고 모든 것들이 하나로 연결되어 있고, 모든 존재가, 모두가 소중하다는 것을 온 맘으로 느낄 수 있었다. 내 가슴이 벅차오르는 이 감정을 어떻게 표현할 수 없을 정도로 행복했다.

파르만니케탄 아쉬람(사원)으로 돌아오는 길에 땅을 밟는 나의 발이, 나의 발에 닿는 땅과 연결되는 감촉이, 뜨거운 리시케시의 햇살이, 인도 사람들의 미소가…….

모두 신이 나에게 주신 선물이었다.

나는 바로 돌아와, 그동안 연락을 끊고 지내고 있던 시아버지께 눈물의 편지를 썼다.

내 가정을 잘 지키지 못해서 너무 죄송하고, 남편의 부도에 내가 잘못한 게 없다고 큰소리를 쳤는데, 부부간의 일은 서로의 책임이지 어느 한 사람의 잘못이 아니라는 것을 너무 늦게 알게 되었다는 후회와 어리석

음에 관한 내용을 진심을 담아 편지에 담았다.

남편의 부도 이후 사이가 나빠진 시아버지와 시댁 식구들에게 편지를 써서, 정말 잘못했다고, 이제부터 아이들과 남편을 잘 돌보고 내 가정을 잘 지키겠다고 내 마음의 맹세를 담아 한국으로 보냈다.

나 자신의 잘못을 인정하고 내 마음의 응어리짐을 하나하나 풀고 나니, 이제까지 내가 하지 않은 일들, 무서워서 엄두도 내지 않은 일들에 대해 자신감이 붙기 시작했다.

평상시와 똑같은 생활을 하는데도 항상 어떠한 에너지가 나를 감싸는 느낌, 누군가가 나를 보호해주는 느낌을 받고, 나라는 존재가 신의 선물이라는 것을 온몸으로 느낄 수 있었다.

가슴속에 사랑이 넘치고, 사랑으로 모든 게 채워진 상태였다.

충만함 그 자체…….

온전함 그 자체…….

사랑 그 자체…….

나에게 변한 건 아무것도 없었다. 내 주변 상황과 재정 상태, 외부적으로나 환경적으로 아무것도 변한 것이 없었는데, 내면의 변화로 나는 최상의 행복을 느꼈고, 내가 겪었던 불행들이 이러한 운명을 위해 나에게 일어나게 된 것 같은 생각까지 하게 되었다.

인도에는 이러한 속담이 있다고 한다.

"신이 선택한 사람만이 인도에 올 수 있다."

그날 이후 나 자신을 신이 선택한 사람이라고 온전히 믿게 되었다. 두려움보다는 용기를 선택했고, 두려움으로 나아가지 못하기보다는 나 자신을 조금 더 믿어주는 것을 선택하기로 했다.

내가 여기까지 온 모든 것은 신의 뜻이 있으리라 믿으며……. 이제 얼마 남지 않은 인도에서의 시간을 더 뜻깊게 보내기로 결정을 내렸다.

나에게 주는 선물이라 생각하고 인도의 트라이앵글이라 불리는 황금 사원과 타지마할, 그리고 바라나시를 찍고, 네팔까지 갔다가 한국으로 돌아오는 것으로 인도 요가 명상 여행의 마무리를 결정하였다.

그리고 나는 내 인생의 첫발을 내디뎠다. 두려움 없이.

예전 같으면 나 혼자 인도를 여행한다는 것은 꿈도 꾸지 못했겠지만, 이제는 당당히 앞으로 나아가려 한다.

삶이 나에게 말 걸어주는 그 길로.

일곱 번째 이야기 

힌두교에서 가장 성스러운 도시 바라나시Varanasi

리시케시에서 달라이 라마가 있는 다람살라를 여행하고, 다시 델리로 와서 인도 서부 암리차르 황금 사원을 여행하고, 아그라로 향해서 타지마할을 여행한 후에, 인도 사람들이 가장 성스럽게 생각하는 곳으로 향했다. 역사보다, 전통보다, 전설보다 오래된 도시 바라나시였다.

가장 오래된 도시답게 좁은 골목길이 세월을 말해주고 있었다. 덩치 큰 두 명의 사람이 나란히 거닐기 힘들 정도로 비좁은 길을 걸을 때는 묘한 기분까지 들었다.

더 놀라운 것은 시체를 대나무 들것에 싣고 지나가는 사람을 자주 만나게 된다는 것이다.

내 몸이 시체와 닿지 않게 벽에 껌딱지처럼, 되도록 숨도 쉬지 않고 찰싹 붙어 피해야 했다.

"람 남 사티아 하이…… 람 남 사티아 하이…….(신의 이름만이 진짜다. 라마신은 알고 계신다.)"

이렇게 주문을 외치며 지나가는 일을 자주 볼 수 있다.

힌두교도들은 환생을 믿으며, 신께 귀의하며 더 나은 생을 의탁한다. 그래서 시신 앞에서 우는 사람을 본 적이 없다. 몇 번 이런 일을 겪으며, 얼마나 놀랐는지…….

그곳에서 생활하는 사람들에게는 들것에 실려 가는 시체를 보는 것이 아무 일도 아니며, 죽음은 또 다른 시작이라 생각한다. 삶의 마지막 시간을 신께 예배드리고 죽음을 맞이하기 위해 찾아오는 곳이 바라나시였다.

갠지스강 가트에 화장터가 있어서, 그곳에서 화장하고 갠지스강에 흘려보낸다.

화장터를 구경하러 나갔다. 높이 쌓아진 장작더미 위에 시체를 올려놓고 화장을 한다. 모든 사람이 화장이 가능한 건 아니다. 자살했거나, 다섯 살 이하의 어린이, 그리고 돈이 없는 사람들은 그냥 강가에 흘려보낸다.

인도 굽타 왕조 시대부터 개인이 추구해야 할 이상적인 인생의 4주기가 있다.

제1기인 범행기는 가르침을 받는 단계이고, 인생의 제2기인 가주기는 재가자의 생활로 결혼하여 가정을 돌보는 단계이다. 결혼하여 자식을 낳고, 신과 조상에게 제사를 올리는 등의 본능적인 욕망과 부를 추구하는 생활을 한다.

제3기인 임주기는 임서자의 생활로 은둔하는 단계이다. 이때에는 재가자의 삶을 마치고 숲속으로 들어가 은둔하면서 명상과 금욕생활을 한다. 제4기는 유행기라 하여 탁발승이 되어 사회적 유대관계를 끊고 현세의 삶을 포기한 채 오로지 해탈의 세계만을 추구한다.

화장할 노잣돈만을 가지고 마지막으로 바라나시에 와 생을 마감한다.

갠지스강의 한쪽에선 나무 장작을 높이 쌓아 그 위에 시체를 태우고 있고, 바로 옆에선 성스러운 물이라 목욕을 하며 마시고 있다.

시체를 태우는 고약한 냄새와 화장터의 광경을 보고 구역질을 하는 사람은 관광객뿐이고, 현지인들은 일상생활이라 너무나 자연스럽게 받아들인다.

나는 입을 막고 놀란 눈만 크게 뜨며, 숨을 죽이고 쳐다만 보고 있는데, 돈을 조금밖에 못 낸 사람은 잘 타지 않는 위치에 있다가 팔만 떨어져 나가 강물에 흘러갔다.

이러한 모습 바로 옆에선 성스러운 물이라 귀하게 여기며, 두 손으로 물을 떠서 얼굴과 몸에 부어내리고 적시고, 마시고 있고…….

전생과 이생에 쌓은 업을 씻어내고…….

감격에 차 있는 느낌…….

신과 함께하고 있는 느낌…….

평온과 기쁨에 차 있는 느낌…….

삶과 죽음 이 모든 것이 바로 내 눈앞에 펼쳐져 있었다.

바라나시는 죽음 또한 삶의 일부분이라는 것을 보여주고, 그 모든 다르마(우주의 법칙)를 인간이 수용하고 있는 도시였다.

인도인들이 성스럽다고 여기는 도시, 자신의 신분에 대해서 환생을 믿으며, 지금 자신에게 주어진 일을 열심히 하면 신이 다음 생을 더 좋게 환생해준다는 믿음으로 오늘만을 사는 세상…….

입에 no problem을 달고 사는 사람들…….

우리의 민족성을 가장 대변하는 말로 '빨리빨리'가 있다면 인도에는 'no problem'이 있다.

3억 3,000만의 신이 존재하는 민족, 눈을 뜨는 순간부터 신과 함께 생활하는 사람들…….

삶과 죽음이 따로 떨어져 있지 않음을 보고, 내가 어떻게 마음을 먹느냐에 따라 시체가 떠다니는 물을 마셔도 아무 탈이 없다는 것을 보여주는 사람들이 있었다.

그들의 신에 대한 믿음이 화장터의 시체가 떠내려가고, 사람들이 목욕하고, 흙탕물에 우리가 생각하는 수질오염이 심각한 물임이 분명한데도 그들에게는 오직 신의 성스러움만이 뇌 속에 각인이 되게 하는 것이다.

모든 것은 마음먹기에 달려 있다는 것을 그대로 보여주고 있었다.

길가의 소들과 코끼리, 개…… 이러한 동물들의 자유도 인간과 같아야 한다고 생각하는 인도 사람들.

한 손은 음식을 먹을 때 사용하고, 한 손은 똥을 닦을 때 사용하고…….

"어떻게 음식을 손으로 먹고, 화장지를 사용하지 않는지?" 묻자,

"얼굴에 진흙이 묻으면 어떻게 할 거니?"라고 되묻는다.

"얼굴에 진흙이 묻은 걸 화장지로 닦아야 깨끗하니? 물로 닦아야 깨끗하니?"

관점의 차이가 문화의 차이라는 것을…….

하늘, 땅, 별, 나무처럼 ……

편하게 앉아도 되고, 누워도 되고, 그냥 쉬자.

아무것도 하지 말고, 존재 자체로 그냥 쉬자.

하늘처럼,

땅처럼,

별처럼,

나무처럼,

꽃처럼,

돌처럼,

해처럼,

바람처럼,

공기처럼…….

그렇게 나도 하나의 자연이라 느끼며

그냥 호흡마저도 의식하지 말고 그냥 쉬자.

여덟 번째 이야기
내 엄마, 네 엄마

"원장님, 저렇게 나이 드신 분들도 요가 명상을 수련할 수 있나요? 나이 드신 분이 많아서 불편해서요."

한국에 돌아온 후 요가원을 시작하며 많은 사람들을 만났다.

삼십 대 초반의 젊은 새댁이 나에게 와서 묻는다.

"네, 요가 명상은 남녀노소 구분 없이 누구나 할 수 있어요. 그리고 자신의 내면으로 깊게 들어가 호흡에 집중해야 하는 수련이니, 의식을 밖으로 향하지 말고 더욱 자신의 내면으로 집중해보세요. 그러면 다른 분들 때문에 불편함은 없으실 거예요."라고 답해주었다.

건강하고 행복한 삶을 살고 싶다는 의지가 있는 분들이 오셔서 수련하는 나의 센터에는 남녀노소 구별이 없고, 십 대 초등학생부터 칠십 대까지 수련을 하고 있었다.

우리는 많은 편견을 가지고 있다. 아이, 어른, 젊은이, 학생, 남자, 여자…….

물론 그 구분이 필요한 곳에서는 구분해야 하겠지만, 요가와 명상을 하는 곳에서도 나이 든 사람들은 젊은 사람들과 함께하지 않았으면 좋겠다는 생각으로 구분한다는 것이 놀라웠다.

그런데 이 이야기를 듣고, 내가 처음 요가 명상을 시작했던 스물아홉 살 때가 떠올랐다. 21년 전의 요가 센터는 이십 대에서 사십 대는 한 명도 없고, 모두가 환갑이 넘은 분들이셨다.

어깨가 아파서 다녔던 센터에서 그때의 내가 나와 그분들을 많이 다르다고 생각했던 것이 기억났다. 예전의 나도 다른 사람과 항상 나를 구분하고 분리하고, 나에게 불편함을 주는 일들이 있으면 예민하게 반응하고 쉽게 짜증을 냈던 때가 있었다.

세월이 흐르고, 세상의 모든 것이 서로 연결되어 있고, 서로에게 영향을 주고 있음을 아는 나이가 되어, 명상으로 의식이 확대됨을 새삼 느껴본다.

나, 너, 우리, 햇빛, 바람, 물, 공기, 흙, 나무, 꽃, 동물들에 이르기까지 지구에 사는 모든 것들이 서로 연결되어 모두가 나에게 도움을 주는 존재라는…….

며칠이 지나, 그 삼십 대 회원님께서 친정어머니를 모시고 오셨다.

"선생님, 저희 엄마가 손도 이렇게 붓고 식사도 못 하시고 병원에서도 원인을 모르겠다고 하세요. 어떡하죠?"

어머니의 얼굴엔 생기가 없었고, 몸도 마음도 답답하다고 하시며 한숨만 계속 쉬고 계셨다.

따뜻한 차를 마시며 어머니의 이야기를 들어보니, 나이 드신 시어머니를 모시고 사는 게 너무 힘이 들어 몸과 마음이 지쳐버린 상황이었다. 기 센 시어머니와 생활하시는 게 너무 힘이 들어 마음속에 울화가 가득 차 있으니, 어머니의 말을 많이 들어주고, 푹 쉴 수 있도록 하라고 일러주었다.

어머니는 한의원에 가서 침을 맞고 딸과 나에게 이런저런 이야기를 하고 나니 한결 편해졌다고 하셨다.

그렇게 며칠 쉬고 다시 본가로 돌아가셨다.

"원장님, 저의 엄마 몸과 마음이 한결 좋아지셨어요. 그리고 제 생각이 짧았던 것에 대해서 죄송해요. 다른 분들도 집으로 돌아가시면 누군가의 엄마이신데……."

그녀는 멋쩍어하며 웃어 보였다. 우리는 함께 미소 지으며, 친정엄마가 잘 쉬고 가셔서 시집살이를 잘 견디시기를 빌어드렸다.

삶의 무게가 많이 무거워 지치고 힘들 때, 누군가 옆에서 "힘들지, 고

생했어. 잘하고 있어." 하고 다독여주면 우리는 움츠린 어깨를 펴며 다시 일어설 수 있다.

나만 힘들고 외롭다고 생각하지 않을 수 있도록 따듯한 마음으로 위로하고 사랑으로 챙겨주고 있는지……. 세상이 변하여 마음보다는 물질이라고 하지만, 진정한 마음은 어떠한 것과 바꿀 수 없다.

우리는 본능적으로 사랑하고 사랑받고 싶어 하고, 사랑스런 존재이기를 바란다.

내 가슴은 꽉 닫은 채, 따뜻한 사랑을 나누지 못하고 힘들어하고 있진 않은지…….

내가 가지고 있는 따뜻한 사랑의 빛이 내 주변을 감싸도록 따뜻한 온기를 주변에 전해주자.

나의 사랑의 온기가 내 주변을 감싸고,

나의 사랑의 온기가 내 삶을 감쌀 수 있도록…….

아홉 번째 이야기
그가 변하기를 바라는 내 마음을 변화시키는 것

"나같이 나이 든 사람도 요가 명상을 할 수 있나요?"

그녀의 첫마디이다.

"네, 당연하죠."

이렇게 시작된 우리의 인연.

73세의 나이에 처음 시작하게 된 나애 명상.

그녀는 10년 넘게 골프를 쳐서 균형이 한쪽으로 너무 많이 깨져 있었고, 한쪽 다리로 힘을 많이 써서 짝다리가 심했다. 평상시에 집에서도 잘 넘어지고, 가장 심각한 것은 머리의 열꽃이 올라 두피에 빨갛게 물집이 많이 생겼다고 했다. 고혈압, 당뇨가 심해 피부과에서는 어떻게 해줄 수 없다고 하고, 두피 클리닉을 다녀도 그날만 시원하고, 전혀 나아지질 않아서 한의원을 다니고 있다고 하였다.

그녀와 함께 나애 명상을 하면서 여쭈었다.

"요즘 가장 힘든 게 무엇이세요?"

"큰며느리와 성격이 맞지 않아요, 말수도 없고 싹싹하지도 않아 서운할 때가 많아요."

그녀는 대답하며 한숨을 쉬셨다.

"손주들은 어떤가요?"

"아이, 우리 손주들은 세상없이 착해요. 할머니, 할머니 하면서 올 때마다 뽀뽀를 하며 안아주고, 그림책을 사와 나에게 치매 예방에 좋다고 색칠을 하라고 해요. 얼마나 예쁘고 착한지, 말로 할 수가 없을 정도예요."

손주 이야기를 하시는 얼굴에 웃음꽃이 떠나질 않으신다. 손주 생각만 해도 사랑이 절로 넘치고, 행복이 가득하셨다.

"며느님이 아주 좋은 사람이네요. 그렇게 손주들을 잘 키웠으면……. 부모는 자식의 거울이니까요. 그렇게 예쁘게 손주들을 잘 키웠는데, 더 잘하라고 하면 우리의 욕심이 과한 거겠죠.

모든 사람이 개성이 있는데, 그런 것들을 인정해주지 않으면 서로의 마음을 다치게 할 수 있거든요. 있는 그대로 그 사람을 인정하면 내 마음도 힘들지 않고, 며느리가 편안해야 내 아들과 손주도 행복하구요."

그녀는 열린 마음과 귀로 내가 알려준 호흡법과 자세들을 꾸준히 실천했고, 인내와 끈기를 가지고 자신의 몸을 치유해 나아갔다.

그녀의 두피의 열꽃은 몇 개월 만에 치유되고, 고혈압과 당뇨, 틀어진 골반까지 교정되었다.

"여든까지 다닐 거예요."라고 항상 입으로 말했는데, 지금은 그 시간이 훌쩍 지나 82세가 되었다.

말이 씨가 되어 그녀는 건강한 여든을 맞이했고, 오늘도 초등학생, 대학생, 직장인 주부들과 함께 수련에 임한다.

"내가 숨 쉬고 걸을 수 있는 날까지 수련할 거예요."라고 웃음 짓는다.

내가 내 가족을 바꾸려고 하지 않고, 그들이 변화하기를 바라는 나를 먼저 돌봄으로써 나의 병이 치유되고, 내 삶이 변화된다.

우리는 다른 사람이 변하길 바란다. 그 사람을 내 방식대로 바꾸려 한다. 자식을, 남편을, 부모를, 부하 직원을, 친구를. 그러면서 뜻대로 안 될 때 내 마음에서 상처까지 받고 병까지 얻게 되는 경우가 많다.

나 자신의 마음을 바라볼 수 있으면, 내가 남들 때문에 힘들어하고 있는 이유가 어디에 있는지 알아차리게 될 수 있다.

한 발짝 뒤로 물러나 나 자신을 바라보자. 나 자신이 깨어 있는 마음으로 나를 바라볼 수 있는지.

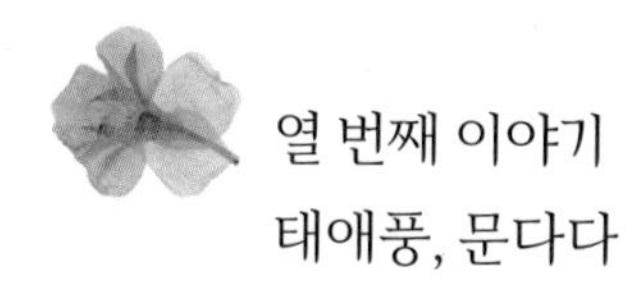

열 번째 이야기
태애풍, 문다다

2019년 9월, 태풍 링링이 한반도를 휩쓸었다. 바람이 세차게 불어 길거리의 나무가 부러지고 쓰러지면서 사람들이 다치며 무섭게 태풍이 불어 닥쳤다.

내게 레슨을 받는 회원님이 아침에 오셔서 들려준 이야기이다.

어젯밤 늦게 일을 마치고 집에 돌아왔는데, 병원에 있는 간병인에게 전화가 왔다는 것이다. 그녀의 어머니는 뇌출혈로 인한 전신마비로 누워 계신다. 재작년 일요일 머리가 아프다는 엄마를 모시고 택시를 타고 종합병원에 갔는데, 아무 이상 없다고 집으로 가시라는 의사의 말을 듣고 그 자리에서 쓰러져 전신마비가 되셨다. 그리고 눈만 뜨고 경추에서부터 온몸에 마비가 와서 침대에 누워 계신다. 횡격막의 움직임이 전혀 없어 호흡을 할 수 없어서 목 주변 근육으로 호흡을 하는 재활치료를 받고 계신다. 78세에 뇌출혈로 쓰러져 이제 80세가 되셨다.

그렇게 말도 못 하고 다른 사람이 말을 하면 눈동자로 의사 표시를 하시는 분이 어젯밤 간병인을 통해 전화를 해서 딸에게 한 말이,

“ㅌㅐㅍㅜㅇ, 문다다.”

“엄마, 뭐? 뭐라고?” 잘 못 알아듣고, 무언가 웅얼거리는 소리를 하는 것 같은데 라고 생각했는데 다시 “태~애~풍, 문 다다.”였단다.

“엄마, 태풍, 문 닫아? 어, 엄마, 알았어. 문 닫을게, 걱정하지 마.”

2년 만에 들어보는 엄마의 목소리였다.

간병인은 전화를 받더니, 엄마가 계속 눈짓으로 전화를 가리켜서 딸에게 전화해요? 라고 물었더니, 눈을 깜빡이셔서 전화를 걸었다고 한다.

아픈 중에도 요양원 TV뉴스의 태풍 소식을 듣고, 혼자 사는 딸아이

가 걱정되어 2년 만에 처음으로 말을 한 엄마!

아침에 그 이야기를 듣고, 우리의 내면에는 어마어마한 힘이 내재되어 있다는 것을 다시 한 번 믿게 되었다.

우리의 잠재의식 속에 있는 무한한 힘, 평상시에는 나타나지 않지만, 위기 상황이 되면 초인적인 힘이 나오는 우리 내면의 힘!

우리 모두에게 그러한 힘이 있음을 나애 명상 시간에 말씀해드렸더니, 암 치료로 힘들어하시던 회원님께서 나에게 살며시 오셔서, “원장님, 재수술로 고민했는데, 다시 힘낼게요. 저도 저희 아이들을 위해서 할 수 있을 것 같아요.”라고 하시며 미소 짓고 가신다.

우리가 알고 있는 것보다 우리는 강하다.

내가 나를 믿어줄 때만 그 초인적인 힘이 나올 수 있다.

우리의 몸은 나의 마음의 말을 듣는다.

3주가 지나고 재수술을 한 그녀에게서 카톡이 왔다.

수술이 잘 되었다고, 잘 회복해서 이렇게 카톡을 내손으로 보내고 있다고, 병원에 있는 모든 사람들이 그녀의 회복 속도가 너무도 빨라 놀라고 있다는 말과 함께…….

이렇게 나애 명상은 힘든 시간을 잘 견딜 수 있도록 해주고 조금 더 깨어 있게 만들어준다.

내가 나를 사랑하고 믿어줄 때, 내 안의 사랑의 빛이 온몸의 세포를 깨우고 초인적인 힘을 깨우게 된다.

내가 나를 사랑하고 위해줄 때, 내 안의 사랑의 빛이 내 삶의 어두운 부분을 밝게 비추어 나를 환하게 밝혀줄 것이다.

호 ~ 나가는 숨

흡 ~ 들어오는 숨

숨이 나가고 숨이 들어옵니다.

숨이 나가고 숨이 들어옵니다.

이렇게 세상의 모든 것은 순환합니다.

내 안에서 순환되지 못하고 고여 있는 것이 있다면,

고여 있는 감정과 생각들이 쌓여 있다면,

몸에 병을 만드는 첫 번째 요인이 됩니다.

숨을 내쉬며, 고여 있는 감정의 찌꺼기를 밖으로 내보냅니다.

숨을 마시며, 나 자신을 위해 생명의 에너지를 받아들입니다.

숨이 나가고, 숨이 들어옵니다.

이렇게 세상의 모든 것은 순환합니다.

휴식도 훈련해야 하는 세상입니다.

몸과 마음에 사랑을 담아 따뜻한 빛으로 숨 불어넣어줍니다.

몸과 마음에 진정한 휴식,

나애 명상입니다.

마무리, 마음의 힘

epilogue.

평범한 나. 잘난 것 없는 나. 부모 복 없는 나. 재능 없는 나. 끈기 없는 나…….

내가 나애 명상을 하기 전, 나 자신에게 하던 부정적인 생각들이다.

우리는 어떤 것을 덧붙여 나 자신에게 더 심한 부정적인 말을 한다. 지금까지 나 자신에게 가장 많이 한 말이 무엇인지 눈을 감고 생각해 본다.

아마 내가 요가와 나애 명상을 하지 않았다면, 평생을 나 자신에 대한 부정적인 감정을 뿌리치지 못했을 것이다.

신은 우리를 자신의 모습으로 창조했고, 자신의 능력까지 우리에게 부여했다. 신께 내재되어 있는 빛을 우리에게 주었는데, 우리는 그 빛은 보지 못한 채 양손에 욕망과 집착을 꽉 붙잡고 어둠 속에서 헤매고 있다.

사랑의 빛으로 몸과 마음의 힘든 모든 것들을 보살펴주자. 내 몸이 나에게 하는 소리에 귀 기울여주자. 나는 17년이란 시간 동안 나애 명상을 하면서 사람들의 생각과 감정이 몸에 가장 큰 영향을 미치고, 우리가 가지고 있는 병과도 밀접한 관계를 갖는다는 것을 알게 되었다.

우리의 몸은 에너지 체로 되어 있어서 빛, 소리, 진동을 일으키고 반응한다.

나 자신도 인지하지 못했던 내 안의 불안과 우울, 상실, 걱정, 근심, 질투, 미움, 분노, 화, 죄의식 등과 같은 부정적인 생각으로 내 몸과 마음이 지치면, 신경계의 모든 흐름이 나빠지면서 호르몬 체계에도 이상이 오게 된다.

긴장되어 있는 몸과 마음…….

그리고 챙겨주지 못한 나의 영혼…….

이제 몸, 마음, 나의 영혼까지 챙기는 나애 명상으로 말라버린 내 몸의 뿌리 깊숙한 곳까지 사랑의 생명수를 부어 넣어주자.

내 몸과 마음이 깨어날 수 있도록…….

나를 어떻게 생각하고 있는지 솔직히 말해보자.

나에게…….

내려놓으면 진짜 내 안의 힘이 드러난다. 있는 그대로의 나를 만난다는 것은 굉장한 힘이 필요하다고 생각한다. 생각보다 많은 용기도 필요하다고 생각한다. 시간을 내고 명상 센터에 찾아가야만 된다고 생각한다. 그러한 모든 생각을 내려놓기만 하면 된다.

깨어 있는 마음으로 몸과 마음의 긴장을 내려놓기 위해 호흡을 느끼기만 해보자. 아무것도 하지 않고 그냥 편하게 앉는다. 무언가를 잘해야 한다는 긴장과 압박을 내려놓고 쉬어보자.

그냥 자연스럽게…….

숨을 끝까지 내쉬고 복부를 안으로 당겨서 몸속의 공기를 모두 밖으로 내보내고, 몸과 마음의 긴장을 다 내려놓는다. 그리고 자연스럽게 숨을 들이마신다. 이렇게 몇 번의 호흡만으로도 몸과 마음이 가벼워지는 것을 느낄 수 있다. 깨어 있는 마음으로 호흡에 집중하면 복잡하게 얽힌 마음을 단순한 마음으로 전환시킬 수 있다.

의외로 많은 사람들이 자신에게 긍정보다 남들보다 더 심한 부정적인 비판과 자기 비하를 하고 있다. 자신에 대한 부정적 감정들은 자신의 에너지를 빨리 소진시키고 고갈시킨다.

그리고 인간 내면의 원초적인 사랑받고 싶고, 인정받고 싶은 마음을 억누른 채, 자신을 더 불안정하게 흔들어버림으로써, 뿌리까지 뽑힐 정도로 흔들려, 몸의 모든 체계를 무너뜨려버린다.

이제 가장 편안한 자세로 나를 먼저 만나는 시간을 갖자.

헛심을 빼고, 진짜 써야 할 힘을 기르고, 머리로만 향한 에너지를 뿌리로 가져와 뿌리 깊은 나무처럼 깊게 땅을 향해 뻗어나가고, 비, 바람, 눈, 태풍이 불어 닥쳐도 내 삶 속에서 흔들릴 순 있지만 뿌리가 더 단단히 내릴 수 있도록 해보자.

깨어 있는 마음으로…….

- fin.

마치는 글

postscript.

이 글을 쓰고 있는 요즘은 '코로나'로 전 세계의 많은 사람이 목숨을 잃고, 사랑하는 가족을 잃고, 평화로웠던 많은 것을 잃게 되는 위기를 맞이한 힘든 시기입니다.

우리는 인생의 행복을 위해 열심히 살고 있지만, 삶이 내 생각과 다르게 흘러가는 경우가 너무 많습니다.

저 또한 살면서 이러한 시간을 맞았고, 그 시간을 나애 명상으로 잘 이겨낼 수 있었기에 사명감을 갖고 이렇게 용기 내어봅니다.

17년이라는 세월을 요가와 나애 명상, 필라테스, 싱잉볼을 이용한 소리 테라피로 사람들의 몸과 마음을 보살피는 일을 하며 살아왔습니다.

인생에서 찾아오는 힘든 시간을 깨어 있는 마음으로 바라보자, 더 이상 힘든 시간이라고 말하지 않게 되었고, 내면의 평화를 찾고, 불안정한 삶에 미소를 보낼 수 있게 되었습니다.

'나'라는 존재를 있는 그대로 인정하는 것이 나애 명상의 시작입니다.

나 자신을 있는 그대로 바라보고 인정할 때, 삶에서 일어나는 일들을 왜곡하지 않는 힘이 생깁니다. 자신도 모르게 자신을 부정하고 있었던 부분들을 깨달아 자신과의 관계를 회복하고 치유하게 됩니다.

우리가 느끼지 못할 뿐, 우리에게 일어나는 모든 일에는 이유가 있습니다. 열린 가슴으로 삶에서 일어나는 일들을 온전히 받아들이고 깨어 있습니다.

우리 각자의 삶에서 배워야 하는 것이 무엇인지 알아차리고 지혜롭게 받아들입니다. 살면서 내가 가장 잘 돌보아주어야 할 대상은 바로 나 자신임을 알고, 나 자신에게 사랑의 마음을 담아 말 걸 때, 나에게 찾아오는 기적 같은 일들을 많은 분이 경험하기를 바랍니다.

내가 나 자신을 있는 그대로 사랑하게 될 때, 세상과 내가 연결이 되고, 나 자신이 가지고 있는 치유력이 깨어나게 됩니다.

나애 명상으로 상처받은 내 영혼을 치유하며, 삶의 지혜가 깨어나기를 소망합니다.

2020년, 초여름
신숙현

참고문헌

치유 루이스 L 헤이 저, 박정길 역, 나들목

힐 유어 바디 루이스 L 헤이 저, 김문희 역, 슈리크리슈나다스아쉬람

몸의 지혜 셔윈 널랜드 저, 김학현 역, 사이언스북스

너는 이미 기적이다 틱낫한 저, 이현주 역, 불광출판사

붓다처럼 틱낫한 저, 서계인 역, 시공사

마음에는 평화 얼굴에는 미소 틱낫한 저, 류시화 역, 김영사

사랑 명상 틱낫한 저, 제이슨 디앤토니스 그림, 진우기 역, 한빛비즈

행복을 위한 혁명적 기술 자애, 샤론 샐즈버그 저, 김재성 역, 조계종출판사

왓칭 김상운 저, 정신세계사

마음을 비우면 얻어지는 것들 김상운 저, 21세기북스

당신도 초자연적이 될 수 있다 조 디스펜자 저, 추미란 역, 샨티

당신이 플라시보다 조 디스펜자 저, 추미란 역, 샨티

마음 vs 뇌 장현갑 저, 불광출판사

명상이 뇌를 바꾼다 장현갑 저, 불광출판사

차크라 힐링 핸드북 샤릴라 샤라먼, 보도 J. 베진스키 공저, 최여원 역, 슈리크리슈나다스아쉬람

영혼의 해부 캐롤라인 미스 저, 정현숙 역, 한문화

상처 받지 않은 영혼 마이클 싱어 저, 이균형 역, 라이팅하우스

정신과 의사의 체험으로 보는 사마타와 위빠사나(개정판) 전현수 저, 불광출판사

아주 오래된 선물 피터 켈더 저, 홍신자 역, 파라북스

칼 융과 차크라 아놀드 비틀링어 저, 최여원 역, 슈리크리슈나다스아쉬람

마음의 힘 바티스트 드 파프 저, 문신원 역, 토네이도

쿤달리니 요가의 심리학 칼 구스타프 융 저, 정명진 역, 부글북스

마음의 기적 디팩 쵸프라 저, 도솔 역, 황금부엉이

깨달음에 이르는 붓다의 수행법 1, 2 무산본각 저, 유토피아

마음닦기 무산본각 저, 정신세계사

커넥트 이승헌 저, 한문화

고엔카의 위빳사나 명상 S.N. 고엔카 저, 윌리엄 하트 편, 담마코리아 역, 김영사

마음이 몸을 치료한다 데이비드 해밀턴 저, 장현갑, 김미옥 역, 불광출판사

진실이 치유한다 데보라 킹 저, 사은영 역, 김영사

여성의 몸, 여성의 지혜 크리스티안 노스럽 저, 강현주 역, 한문화

이제 몸을 챙깁니다 문요한 저, 해냄

마음과 차크라로 여는 행복 김윤정 저, 북랩

몸과 마음을 살리는 기적의 상상치유 이송미저, 한언

어제도 오늘도 내일도 당신은 충분해 카시 멘도자 존스 저, 임래영 역, 공감틀

기적의 명상 치료 비디아말라 버치, 대니 펜맨 공저, 김성훈 역, 불광출판사

호오포노포노의 비밀 조 비테일, 이하레아카라 휴 렌 저, 황소연 역, 판미동